新　潮　文　庫

波の音が消えるまで

第3部　銀河編

沢木耕太郎著

新　潮　社　版

10715

波の音が消えるまで　第3部　銀河編◎目次

第1部　風浪編＊目次

第2部　雷鳴編＊目次

波の音が消えるまで

第3部　銀河編

第十二章　罪と罰

1

昼前、巨匠の事務所に、いつしか「定期便」と呼ばれるようになった電話を入れると、清水さんが二、三の仕事についての事務的な連絡をしてくれたあとで、思い出したように言った。

「そうそう、栄光社の田中さんから預かり物があるわ」

そして、女性からのファンレターのようなものらしいから急ぐ必要もないけど、ついでのときに取りに来て、と付け加えた。

田中さんのところに来ているということは、一カ月ほど前に掲載された「人気AV女優ベスト5」の仕事を見てということになる。それが女性からのファンレターにつながるとは思えなかったので逆に気になった。

午後、青山にあるデザイン事務所で編集者をまじえての打ち合わせをすますと、僕は地下鉄で赤坂見附《あかさかみつけ》に出て巨匠の事務所に向かった。

「これ」

清水さんに手渡された栄光社の書類入れから出てきたのは、マカオの「LISBOA」のロゴが入った白い封筒だった。引っ繰り返して裏を見ると差出人に村田明美の名がある。

村田明美は日本に帰ってきているはずだった。それがどうしてリスボアの封筒を使っているのだろう。不思議に思いながらその場で開封し、手紙を読みはじめてすぐに理由はわかった。冒頭に、村田明美という名前を覚えてくれているかどうか不安だったので、何枚か貰《もら》ってきていたリスボアの封筒に手紙を入れることにした、とあったのだ。読まれないまま廃棄されることを恐れたのだろう。

週刊誌の広告で、グラビアの撮影者として「伊津航平《いづこうへい》」の名前を見つけ、日本に帰ってきたことを知った。気をつけて見ていると、いろいろなところで精力的に仕事をしているようで嬉《うれ》しくなった。そのようなことが記されたあとで、手紙の最後に、ぜひ伊津さんの写真の先生に「今度とお化け」が本当に出ることを証明したい、いつか時間があるときに食事をごちそうさせていただければ嬉しい、とあった。

「今度とお化け、ですね」

僕は手紙を読みながら、村田明美が別れ際《ぎわ》にそう言ったときの悪戯《いたずら》っぽい表情が眼に浮かんでくるようで、つい口元が綻《ほころ》んできてしまった。

するとその僕の表情を見ていたらしい清水さんが冷やかすように言った。

「どうしたの、ニヤニヤして。まるで恋人からの手紙みたいじゃない」

僕は慌《あわ》てて弁解した。

「いや、そんなんじゃないんですけど」

しかし、嬉しかった。そこに記されている自宅の電話番号にすぐにでも掛けたくなった。だが、平日の昼間だ。まだ勤め先のホテルから帰ってきていないだろう。

夜、十時過ぎにコンビニエンス・ストアーに行った。店舗の横に据えつけられている公衆電話から電話をするつもりだった。なんとなく、吉崎のいる部屋からは掛けにくいような気がしたのだ。

携帯電話は持っていなかった。編集者からは仕事をするにはいまや必需品だと言われつづけていたが、マカオへ持っていく金を貯《た》めることに必死でそこまで手がまわらなかったのだ。

手紙を見ながら番号をプッシュし、緑色の受話器を耳に当てたが、なかなか出てこない。呼び出し音が七回鳴ったところで受話器を元のところに戻した。どうやら不在のようだった。もしかしたら、勤務のシフトが夜なのかもしれない。

翌日、昼間のうちに電話をしようと思っていたが、もし夜勤明けで眠っているといけないなどと考えているうちに、つい電話するタイミングを逸してしまった。

また、夜の十時過ぎに同じ公衆電話から掛けてみた。

すると、呼び出し音が三回鳴ったあとで、聞き覚えのある弾むような声が耳に飛び込んできた。

「もしもし」

僕も同じ言葉で呼びかけた。

「もしもし」

それだけでわかったらしい。

「あっ、伊津さんですか？」

「久しぶり」

「お久しぶりです」

「こんな遅くに電話をしてごめんね」

「よかった。ほんの少し前に帰ってきたところなんです」

「遅番なの？」

僕が訊《たず》ねると、村田明美は不思議そうに訊《き》き返してきた。

「遅番？」

しかし、すぐに僕が誤解していることがわかったらしい。

「いえ、いまはホテルじゃないんです」

それを聞いて、今度は僕が訊き返すことになった。

「ホテルじゃない？」

「ええ、商社……のようなところに勤めているんです」

それは意外だった。村田明美はホテルの仕事が好きなのだとばかり思っていたからだ。好きなだけでなく、向いている。

ホテルではなく「商社のようなところ」に勤めている理由を訊きたかったが、電話では話しにくいことなのかもしれないと思ってやめた。

とりとめもない話をしたあとで、近いうちに会おうということになり、その週の金曜の夜七時、六本木の交差点近くにある書店で待ち合わせることにした。

「大丈夫？」

僕が言うと、村田明美が笑いを含んだ声で答えた。

「ええ、残業があっても、それを振り切って行きます」

約束の日、待ち合わせ場所の書店から村田明美が連れていってくれたのは、歩いて五分ほどのところにある、間口の狭い、しかし奥に深い、無国籍料理の店だった。

村田明美が入っていくと、ここでもマカオの居酒屋と同じく、店主らしい初老の男性に親しげな歓迎の言葉を投げかけられた。それが商売上のお世辞でないことはすぐにわかる。村田明美はきっとどこに行っても、すぐにでもまた来ることを望まれる客なのだろうと思えた。別に大枚のチップを渡すわけでもないはずだから、きっと笑顔ひとつ、言葉ひとつで相手を惹《ひ》きつけてしまうのだ。

あらためて正面から見ると、マカオにいたときに比べると顔つきがさらに穏やかになっているような気がする。僕がそう言うと、村田明美は恥ずかしそうに言った。

「マカオでは、外国にいるということで気が張っていたんじゃないかな」

生ビールを飲み干すと、白ワインを頼んでくれた。感じのいい長髪の若者の手で運ばれてきたのはカリフォルニアのシャルドネだった。村田明美がそのグラスを口に運びながら話してくれたところによると、リスボアをやめたときは以前の上司の勧めに従って東京のホテルに勤めるつもりだったが、日本に帰って求人広告を見ているうちに、もっと別のことをしてみてもいいのではないかと思うようになったのだという。

すると、中国語が話せることを必要とする職種が接客業以外にいくつもあることにあらためて気づかされた。

そうした中に、中国の物産を輸入する会社の求人があった。しかも、その会社の扱う「物産」の中に映画もあることがわかり、まったく経験はなかったが応募したところ、かなりの競争率だったらしいが採用されたのだという。

「そう言えば、中国語を勉強するようになったきっかけも、香港《ホンコン》映画だったと言ってたよね」

「そうなんです。ぐるっとひとまわりして最初のところに戻ったような気がします」

映画輸入のセクションに配属されたものの、しかし、まだ、映画の買いつけのようなことまでには関与できず、中国のエージェントとのあいだでやりとりされる事務的な文書を翻訳したり、字幕がつく前の映画を見てストーリーの要約を作ったりすることが主な仕事らしい。ずいぶん残業が多く、肉体的には大変だが、好きなことをやっているという充実感があるのだという。

「確かに、生き生きとしているね」

僕が言うと、村田明美が笑いながら言った。

「それを言うなら伊津さんです」

僕がその言葉の意味をうまく取れずに曖昧《あいまい》な表情を向けたままでいると、村田明美が重ねるように言った。

「伊津さんは東京のほうが生き生きして見えます」

思ってもいなかったことなので、当たり前のことを訊ねてしまった。

「マカオにいたときより？」

「ええ、ずっと」

「マカオにいたときの僕は生き生きとしていなかった？」

「生き生きしていなかったというか……尖《とが》った鉛筆の芯《しん》のような感じがありました」

「いまは？」

「とてもリラックスしているように思えます」

言われてみれば、そのとおりかもしれなかった。マカオにいたときの僕は、バカラという未知の世界に入り込み、迷い込み、その世界に囚《とら》われていた。考えることは次の勝負が「庄」か「閒」かということだけであり、それ以外にはまったく関心がなかった。

「バカラから離れたからかな」

それが劉《りゅう》さんを連想させるものになったのかもしれない。村田明美が言った。

「あのおじいさんたちはどうしているんですか」

たち、というからには劉さんだけでなく李蘭《リラン》も入っているのかもしれなかったが、それには気づかないふりをして答えた。

「劉さんの病気はいくらかよくなっていたようだったけど……」

「どういうわけであのおじいさんと知り合いになったんですか」

その経緯をうまく説明することはできそうになかった。そこで、当たり障《さわ》りのないことを言って取り繕《つくろ》うことにした。

「僕のバカラの先生なんだよ」

「でも、いつも負けてばかりいると聞いていましたけど」

素直に見れば、確かにいつも負けているだけの存在であるのかもしれない。

「負けているんじゃないんだ。勝たないだけなんだ」

「どう違うんですか」

それを説明するのはさらに難しいことだった。僕は劉さんの話を切り上げ、こちらから村田明美の現在の生活についての質問をすることにした。

会社の給料はホテル時代より安いこと。だから住んでいるのが吉祥寺のワンルーム・マンションであること。会社まで行くのに満員電車を二本も乗り継がなくてはならないこと。会社における直接の上司が上海《シャンハイ》育ちの日本人女性であること。そんな何でもないひとつひとつのことが、村田明美の口から出てくると、単なる家と会社とを結ぶ平凡な日常のひとこまであるはずなのに、なんだかとても楽しい行事を構成する一要素であるかのようにさえ聞こえてくる……。

食事のあと、近くのバーにでも誘おうと思っていたが、気がつくと十一時を過ぎていた。店の主人がサービスだと言いながら、デザートワインを出してくれたりしたものだから、つい長居をしてしまったのだ。

そろそろ帰ろうかという頃合いのときになると、村田明美が立ち上がって店の主人のところに行き、さっさと支払いを済ませてしまった。僕は、それを見て、ついうっかり言ってしまった。

「今度は僕に払わせてもらうから……」

すると、村田明美がクスッと笑った。

「今度とお化け」

僕は慌てて言った。

「あっ、ほんとだ、今度とお化けだ」

しかし、僕が狼狽《ろうばい》したのは、「今度」という言葉を自分が使ってしまったからというのではなかった。「今度」と言うからには、また村田明美に会うことを前提にしている。そこには彼女と付き合いたいという気持が含まれているのではないか。そのことに気がついて、僕は戸惑《とまど》ったのだ。自分はマカオにできるだけ早く戻ろうとしているはずなのに、と。

2

日本に帰って三カ月が経《た》った。日が過ぎ、時が流れた。これまで「時は流れる」という表現を、単なる表現としてだけしか受け止めていなかった。どこにいても、一日一日が流れるように過ぎていくという感覚を持ったことがなかった。それは僕の一日がいわば楷書《かいしょ》の字のように角張っており、朝が来て、昼になり、夜に入って眠る、というはっきりとしたものだったせいかもしれない。それはバリ島にいるときもマカオに滞在しているときも変わらなかった。若干の時間のずれはあっても、一日の生活のパターンはかなり正確であり、句読点のはっきりついた文章のようなものだった。ところが、マカオから日本に帰ってからの日々は、一日の時間が草書のように区切りなく流れていく。ただ金を貯めるために仕事をするという意識が、一日をのっぺらぼうにさせてしまい、日々を長い一日のようにつなげてしまっていたらしい。

だが、草書のように流れるそうした日々に、村田明美ははっきりとした区切りを入れる句点、いや読点のような存在になってくれはじめた。

僕は依頼のあった仕事をほとんどすべて引き受け、週末には村田明美と会って食事をする、という日常を繰り返すことにしだいにある種の心地よさのようなものを覚えるようになった。

待ち合わせをするのは、いつも最初に村田明美が連れていってくれた六本木の無国籍料理の店だった。

三度目のとき、ちょうど仕事がないという吉崎を誘うと、すっかり村田明美のファンになってしまった。そこで、吉崎に仕事がなく暇なときは彼をまじえた三人で食事をすることになった。

食事のあとは六本木か西麻布《にしあざぶ》のバーで飲み、渋谷までタクシーで行く。それから田園都市線と井の頭線の乗り場に別れ、それぞれ最終に近い電車に乗って帰る。

一度などは、村田明美と別れたあと、吉崎と二人、酔った勢いで渋谷から三軒茶屋まで歩いてしまったこともあった。

その折だった。玉川通り沿いにある神社の赤い提灯《ちょうちん》の由来について熱く語っていた吉崎が、三宿《みしゅく》の交差点を過ぎたあたりで、不意に言い出した。

「村田さんは素敵ですね」

「うん……ヨシはどんなところがいいと思うんだ」

「その場にいるだけで不思議なくらい明るくなりますよね。明美なんて、まるで垢抜《あかぬ》けない名前のようですけど、明るくて美しいという名前があんなにぴったりな人に初めて会いました」

その印象は吉崎のものだけではなかった。あるとき、吉崎抜きで会うことになり、僕が先に来て待っていると、村田明美が少し遅れて店のドアを開けて入ってきた。なんでも、急に中国から日本の字幕翻訳者に関する照会の電話が掛かってきてなかなか切れなくなってしまったのだということだったが、彼女が入ってきたとき、はっきりと店の中が明るくなったような気がした。そして、遅くなってごめんなさいと言いながら僕の前の席に坐った瞬間、テーブルの周囲の空気が柔らかく融《と》けはじめたような気がしたものだった。

しかし、これまで、明美という名が明るく美しいという意味を持つものだったとは意識したことがなかった。

「そういえば、明美というのは、明るく美しく、という親の願いのこもった名前だったんだな」

「それだけじゃなくて、村田さんとは、話しているうちに、なんとなく自分に自信が持てるようになってくるんですよね。励まされるというか……」

確かに、二人のやり取りを聞いていると、そんな風に感じることがある。村田明美は吉崎の話をただ興味深そうに聞いているだけだというのに、話している方が、つまり吉崎が徐々に肯定的な気分になり、前向きなことを言い出すようになることがよくあった。

「航平さんが放っておくと、さらわれちゃいますよ」

吉崎が少し冗談めかして言った。

「彼女が？」

「ええ」

「誰に？」

「たとえば、僕に」

そこにはまんざら冗談でもなさそうな響きがこもっていた。

西麻布のバーのカウンターで、三人で飲んでいるときだった。村田明美が、三カ月の試用期間が終わり、給料も上げてもらえたので、思い切ってもう少し広いマンションに引っ越すことにしたのだと言った。

「おめでとう」

吉崎が音頭《おんど》を取って乾杯すると、村田明美が僕に向かって軽い調子で言った。

「もしよかったら、わたしの部屋に引っ越してきません？」

一瞬、何を言っているのかがわからず戸惑ってしまったが、すぐに吉崎が不満の声を上げた。

「村田さん、それって、まずいですよ。まるで女の人からプロポーズしてるみたいに聞こえますよ」

すると、村田明美が不思議そうに吉崎の顔を見た。

「女の人からプロポーズしちゃいけないのかな」

「いけないことないですけど……まずいです」

「まずいか？」

僕が面白くなって言うと、吉崎がむきになって言った。

「その前にいろいろとやることがあるでしょう」

吉崎は僕と村田明美との間にまだ性的な関係がないことを知っていた。だが、あまりにもその言い方がおかしくて、僕と村田明美は声を上げて笑い出してしまった。笑われたことが不満だったらしく、吉崎がさらに奇妙な言い掛かりをつけてきた。

「手順を省略しすぎです」

確かに、それはさまざまな手順を飛ばして村田明美と暮らすことを意味する。だが、それもいいかなと思う。さすがに吉崎に迷惑をかけるのも限界にきているような気がしていたからだ。

「ありがとう。もう少ししたらそうさせてもらうかもしれない」

僕が笑いながら言うと、村田明美も笑いながら応じた。

「いつでも」

ある晩、仕事の打ち合わせで遅くなってしまい、帰りが深夜になってしまった。タクシーで三軒茶屋まで帰り、渡してもらっている合鍵《あいかぎ》でそっとドアを開けて部屋に入ると、吉崎がテーブルの前に坐り、珍しくつまみもなしにビールを飲んでいた。

僕も冷蔵庫からビールの缶を取り出し、吉崎の前に坐って飲みはじめた。ひとくち飲むと、吉崎がつぶやくように言った。

「写真って何でしょう」

ひとりで飲みながらそんなことを考えていたのか。僕はなんとなく吉崎の生真面目《きまじめ》さをからかってやりたくなった。

「写真って、写真さ」

「それって、巨匠の言葉じゃありません?」

「バレたか」

そう言いながら、僕は頭の別のところで劉さんのことを考えていた。もし僕が「バカラって何でしょう」と訊ねたら、どんな風に答えるだろうか、と。案外「バカラって、バカラさ」という答えが返ってくるかもしれない。

「写真って、写真でしょうか」

吉崎が言った。

「俺も巨匠の言うとおりだと思うな。写真って、カメラさ、と言ってもいい」

「そこにはカメラマンは介在しないんですか」

「わからない。でも、写真を撮るって、結局、シャッターを押すっていうことだろう」

「シャッターを押すだけなんて、そんなこと誰でもできますよね」

「俺でもできたんだから、誰にでもできるだろうな」

「カメラマンの将来は暗いなあ」

「ヨシはカメラマンの未来について悩んでいたのか」

「いや、そうじゃないんですけど、僕だったら、航平さんみたいに、一時的であれ、写真を捨てることができるかなあと思って」

「で、ヨシは自分をどうだと思うんだ」

「写真以外に興味のあることがないし、やっぱりどこまでもこの道を進んでいくんだろうなあって」

「そうか。そうかもしれないな」

「航平さん、いま、写真を撮るのが楽しそうですね」

「そう見えるか」

「以前とまるで違います。やっぱり、それって、一年半のあいだ撮ることから遠ざかっていたからですかね」

「どうだろう」

　確かにそういう部分もあったかもしれない。バリ島に行く前と比べると明らかに写真を撮るのが楽しくなっている。それは現場のモデルにも伝わるらしく、現像所から上がってきた写真もなんとなく幸福感に満ちているように思えるものが少なくなかった。中には、僕に対して「一皮むけた」と評する編集者まで現れるようになった。しかし、それは、やがてその世界から出て行くことが決まっていたからというところが大きかったように思う。

「写真にはまったく執着していないんだけどな」

「やっぱり、サーフィンですか」

「いまはサーフィンにも興味はない」

そう言うと、吉崎は意外そうな表情を浮かべた。

「何に興味があるんですか」

僕はなんとなく吉崎に話してみたくなった。

「バカラ」

「グラスの収集、じゃありませんよね」

「まさか」

「あの、博打《ばくち》のバカラ？」

「そう、博打のバカラ」

「博打嫌いの航平さんが？」

「うん」

「どうして、そんなことになったんですか」

「自分でも不思議なんだけど、日本に帰る途中たまたま寄ったマカオで惹き込まれてしまったんだ」

「どこに惹かれたんですか」

「そう……あんなに純粋な世界はないような気がするんだ」

「純粋？　博打が？」

吉崎が驚いたような声を上げた。それも無理はなかった。自分でも意外なことを口にしていると内心驚いていたからだ。

僕はバカラのルールを簡単に説明してから言った。

「バンカーかプレイヤーか、マカオではそれを庄《ジョン》と閒《ハン》と呼ぶんだけど、客はどちらが出るか必死に目を読んで金を賭《か》ける。それだけなんだ。そこには他人が入る余地がない。自分だけで決断して、自分だけが責任を負う。そんな世界が他にあるか？」

吉崎は僕の言葉の勢いに呑《の》まれたように黙って聞いていた。

「バカラの台には、生きるということの最も純粋なかたちがあるんだ」

すると、吉崎が考え考え言った。

「でも、それって、大事なものが欠けてますよね」

「大事なもの?」

「人間って、ひとりでは生きられないはずでしょ。他人という要素なしに生きられませんよね」

確かに、言われてみれば、そのとおりだった。他人という要素を欠いた生の世界はどこかいびつであるのかもしれない。

だが、たとえどれほどいびつであれ、「庄」か「閒」かに純化された世界にはなにものにも代えがたい吸引力があった。

「航平さんて、似てますよね」

吉崎が言った。

「誰と?」

「巨匠と」

「俺と、巨匠が?」

何を言い出すのだろう。僕は吉崎の顔を見た。

「二人とも、人が好きなのに、ひとりになりたがる」

巨匠は間違いなくそういうところがある。しかし、僕については吉崎の見立て違いのように思える。

「俺は違うよ」

すると、吉崎が珍しく断定的に言った。

「航平さんの方が巨匠よりずっと人恋しい人だと思います」

「俺が、人恋しい人？」

「航平さんは昔から寂しそうでした」

僕は冗談に紛らそうとした。

「だから、ヨシは俺と暮らしてくれているのか」

しかし、吉崎は少しも笑わず、真面目な顔でうなずいた。

「半分はそうです」

その夜、ベッドに入ってからも、吉崎が口にした「人恋しい人」という言葉が頭から離れなかった。


翌朝、僕は寝坊をしてしまい、いつも昼前には一度入れることになっている巨匠の事務所への連絡が遅くなってしまった。

「定期便です。遅くなってしまいましたけど」

僕が少し照れながら言うと、清水さんがそれには構わず事務的に言った。

「仙石出版の岡安さんからさっき電話があって、連絡がほしいっていうことだったわ」

「何だろう……」

僕が思わずつぶやいてしまったのは、岡安とは前日の午後にいつもの喫茶店で会っていたからだった。仕事の話をしたいということで呼び出されたのだが、ほとんどが岡安の雑談を聞くだけの二時間だった。仕事の話が出てきたのは二時間のうちの最後の五分であり、僕の意見を聞かないうちにもう決まったような口ぶりで話す。僕は苦笑しながら、かなり条件の悪いその仕事の依頼を受けることにした。どんな仕事でも断らないという方針を立てていたというだけでなく、マカオから帰った直後にすぐに仕事をさせてくれたということに恩義のようなものを感じていたからでもあった。

それにしても、用事があるなら、そのときに言っていたはずだ。何か突発的な出来事が起きたに違いなかった。

僕は電話を切ると、ちょっとした不安を覚えながら岡安に連絡を入れた。

「どうかした？」

「今朝のスポーツ新聞、読んでない？」

いつもと違って緊張した声だ。吉崎は新聞を取っていなかったので、まだどんな種類の新聞も読んでいない。

「いや、新聞に何か？」

「そうか、読んでないんだ……」

岡安は、そこで言い淀《よど》んだが、少し急《せ》いたような声で言った。

「こっちに、すぐ、来れるかな」

「うん、行けるけど、何があったの？」

「とにかく、話は来てから」

僕は急いで外出の用意をし、三軒茶屋の駅に向かった。そして、キオスクでスポーツ新聞を買うと、電車を待つプラットホームで一面から順にページを繰っていった。

プロ野球のオープン戦の結果、サッカー日本代表チームのワールドカップへ向けての取り組み、競馬、競輪、競艇の予想記事、風俗業界のルポと三行広告……どこにも岡安が慌てて僕に連絡を取りたがるような記事は出ていなかった。

しかし、最後に芸能欄を開いて、僕は思わず周囲の人を驚かせるような声を上げてしまった。

「あっ！」

そこには、信じられないような見出しが躍っていた。

「木村洋子さん、親子心中か」

木村洋子という名前の前には、それより小さな活字で「グラビアモデルの」とあった。

僕が日本に帰って初めて撮らせてもらったモデルのユリアが、子供と一緒に部屋で死んでいたという記事だった。


3月15日午後7時半ごろ、杉並区宮前2丁目のマンションの一室で、木村洋子(本名・長瀬美沙子)さん(31)と4歳の長男が布団《ふとん》の中で死亡しているのを、訪ねてきた長瀬さんの知人の女性が発見して119番通報した。

杉並署によると、15日午後に長瀬さんから自殺をほのめかす内容の手紙が届き、心配した知人が急いで家を訪ねたという。

寝室には目張りがされており、練炭の燃えかすが残っていたところから、一酸化炭素中毒による心中と見られている。

木村さんはグラビアのモデルとして活躍しており、最近も写真集を出したばかりだったが、重度の障害を持つ長男の世話をしてくれていた母親を一カ月前に亡《な》くし、どのように仕事を続けていけばよいか悩んでいたという。

そしてその記事には、ユリアの顔写真と共に、僕が撮った『湯けむり不倫旅行』という写真集の表紙が載っていた。

神保町《じんぼうちょう》のいつもの喫茶店に入っていくと、岡安がすでに来て待っていた。僕が手にスポーツ新聞を持っているのを見ると、椅子《いす》に坐《すわ》る前に訊ねてきた。

「読んだ？」

僕は黙ってうなずいた。

「驚いたろ」

僕はまた無言でうなずいた。

「あのユリアちゃんが、こんなことをするなんて、信じられないよな」

僕はうなずきかかってから、言った。

「いや、でも、あのときも気にかかることはあった」

「どういうこと？」

「二日目の夜、打ち上げ風に酒を飲んだあとで、別れ際に不思議なことを言ったたんだ」

「ああ、あれか」

「覚えてる？」

「うん、あれは、俺も気になってたんだ。とてもいい記念になりましたって言った、あれだろ」

「何の記念だろうって」

「あのとき、もう決めていたのかな」

「そんな気がしないでもない」

僕が言うと、岡安は残り少なくなったコーヒーカップを口に運び、すするように飲んでから言った。

「知り合いの新聞記者に電話をして訊いてみたんだ」

「何かわかった？」

「お母さんが、寝たきりの息子の面倒を見てくれていたらしい。だから、確かにそのお母さんが亡くなって、途方に暮れたのかもしれない。でも、発作的に、というんじゃないみたいなんだ。お母さんの余命はわかっていたようだしな。それに、二人の死体を発見した知人の女性というのはやはり子持ちのモデルで、これまでにもいろいろ助け合っていた仲らしい。その彼女のところに送られてきた手紙には鍵が同封されていて、部屋に入るときには気をつけてほしいと書いてあったそうだ。一酸化炭素が充満しているといけないという配慮からだろうな」

岡安によれば、二つ並んで敷かれていた布団の枕元《まくらもと》には死後に要する事務的なことが細かく記された遺書が残されていたらしい。それと、なぜか、『湯けむり不倫旅行』が置かれていたという。

僕は岡安の話を聞きながら、あの夜のユリアの言葉を反芻《はんすう》していた。

子供が生きがいだ、と言っていた。母が僕を残して家を出ていったのは、僕がひとりでも生きていける力があると思ったからだろう、とも言っていた。そうした言葉のひとつひとつが深い悲しみを帯びた言葉として甦《よみがえ》ってくる。

だが、どうして死ななくてはならなかったのだろう。仕事中に子供の面倒を見てくれる人なら、他にもいたのではないだろうか。それとは別の、もっと絶望的な何かを抱えていたのだろうか。ただ、少なくとも、ユリアが自分の息子について「ひとりで生きていける力がある」と思わなかったことだけは間違いない。僕の母のようにひとりで旅立つことができなかった……。

僕が自分の思いの中に深く入っていると、岡安が何かつぶやいた。

「えっ？」

僕が訊き返すと、岡安がつまらなそうに言った。

「増刷が決まった」

「増刷？」

意味がわからずまた訊ねてしまった。

「営業から、『湯けむり不倫旅行』を増刷するって、さっき連絡があった」

ふだんの岡安なら、喜々として伝えただろう。買い切りにしたおかげで、おまえさんに印税を払わなくて済むからありがたい、などと軽口を叩《たた》きながら。しかし、そのときの岡安の声には、こんなことを機に増刷しようとしていることを恥じているような気配がうかがえた。

「そうか……」

僕はそれだけ言うと、運ばれてきたコーヒーカップにはまったく口をつけないまま立ち上がった。

3

夜、モノトーンの内装が特徴的な外苑前《がいえんまえ》のイタリア料理屋で、女性誌のファッション担当の編集者二人と食事をした。二人とも女性だった。ひとりは四十代の副編集長であり、もうひとりは僕より少し年長らしい中堅の編集者だった。二本目のワインのボトルが空く頃、副編集長の口から意外な申し出をされた。頼まれたのはファッション写真ではなく、ヌード写真だった。女性誌に女性のヌードを載せるという大胆な企画だった。

「それには伊津さんが適任だということになったんです」

どうしてですか、と僕は訊ねた。

「伊津さんがお撮りになるヌードは、女性が見てもきれいだからです」

裸になるのは二十代後半の女優だという。モデルから俳優になったが、テレビでも映画でもこれといった作品に恵まれず、このままでは「立ち枯れ」になってしまう。そこで、プロダクションは何か劇的な仕掛けによって彼女を取り巻く状況に変化を与えたいと考えるようになった。そうしたプロダクション側の思惑と、女性誌として話題性のある斬新《ざんしん》な企画を立ち上げたいという雑誌側の意図とが合致したのだという。

僕はその女優に会ったことはなかったが、もちろん写真やテレビの映像で顔や雰囲気は知っていた。モデルにしては少し背が足りず、胸も大きすぎる。確かに女優に転向した方がよかっただろうが、モデル時代の硬さがなかなか取れない。裸にして、その生硬《せいこう》さを取り除きたいと考えたのだろう。

二人の編集者が代わる代わる説明してくれる企画の意図を聞きながら、裸になってくれる女優のことをぼんやり考えているうちに、ひとつのイメージが湧《わ》いてきた。

舞台は水辺だ。海か、湖かはわからないが、どちらにしても、そこで空気の色の異なるいくつかの時間帯を選ぶ。夜明け前、日の出直後、午前、真昼、午後、日没前後、そして深夜。そうした異なる空気感の中、まったく同じ背景のもとで、まったく同じポーズを取ってもらう。裸になる女優は、しかし、いずれのときもひとつだけ何かを身につけている。アクセサリー、履物、下着、シャツ、あるいはジーンズ。ただ、最後の深夜だけは、月の光の下でいっさい何も身につけない一糸まとわぬ姿になっている。

そんな思いつきを話していると、編集者たちの顔つきがしだいに真剣になってきた。アクセサリーはネックレスがいいかそれともイアリングの方がいいだろうか。下着の場合はトップを残すかボトムを残すか。下着の代わりに水着ということは考えられるだろうか。その中の候補にランジェリーは入れられないだろうか。パンツはやはりジーンズだろうか、シャツは水に濡《ぬ》らした方がセクシーかもしれない……。

彼女たちの意見を聞きながら、僕は頭の片隅でこれを巨匠が知ったら何と言うだろうと考えていた。女が見てもきれいだなんて言われて喜んでるようじゃあ駄目だよ。あるいは、だからおまえの撮るヌードは若い男たちを欲情させられないんだよ、だろうか。

そのせいもあったのかもしれない。乃木坂《のぎざか》で女性の編集者たちと別れたあと、巨匠の事務所に寄ってみようという気になった。次の撮影のために借りたいレンズが一本あるということもあった。腕時計を見ると午後九時半を過ぎたところだった。十時前に着けば助手の誰かがいるはずだった。

タクシーで赤坂に急ぎ、事務所のドアノブを回すと、すっと開いた。まだ誰かが残っているようだと安心した。

ドアから首を突っ込むようにして中を覗《のぞ》き込むと、意外にも助手の姿はなく、その代わりのように事務机の奥にある来客用のソファーに坐って、巨匠がひとりで酒を飲んでいた。しかも、室内の明かりはフロアースタンドひとつしかつけず、仄暗《ほのぐら》い中でぽつんといる。

僕の顔を見ると、巨匠はちょっと驚いた表情を浮かべたが、すぐにその表情を崩して言った。

「いいところに来たな、一杯飲まないか」

「ええ」

僕が助手をしているときも、こういうことが何度かあった。ひとりで自分の部屋にいることに耐えられなくなることがあるのだろう。いつも陽気に冗談を言っているだけに見えるような巨匠も、耐えるには重すぎる何かを抱えているのかもしれない。

僕は冷蔵庫の脇《わき》の戸棚からグラスを取り出すと、巨匠が坐っているソファーの向かいに腰を下ろした。

テーブルの上にはワイルドターキーのボトルと、溶けかかった氷の入ったアイスペールが置いてある。僕はトングを使ってグラスに氷を二つほど入れ、ワイルドターキーを注いだ。

「このあいだヨシが遊びにきた。おまえ、ヨシの部屋にまだ居候《いそうろう》しているんだって」

「ええ」

「自分で部屋を借りるくらいの金は稼いでいるだろう」

「貯《た》めたいんです」

「なんのために」

「えーと……」

僕は何をどう説明すればいいかわからず口ごもってしまった。

「博打か？」

どうして巨匠がそんなことを知っているのだろうと思いながらうなずいた。

「ええ」

「バカラか」

「ええ」

「やっぱり、ヨシの話は本当だったんだな」

「あいつ、話してましたか」

「おまえが、マカオでバカラを覚えて、相当入れ込んでいるらしいって言ってたが、本当なんだな」

「そうです」

すると、巨匠は黙ったまま手にしたグラスを眺めていたが、しばらくして口を開いた。

「バカラはやめろ」

意外な言葉だった。

「バカラはやめておけ」

巨匠は同じ言葉を繰り返した。

「でも、アトランティック・シティーではやるように勧めてくれたじゃないですか。覚えろって」

「遊びならいい。でも、血道《ちみち》を上げちゃいけない。とりわけおまえは、だめなんだ」

だめなんだ、というところで強い語調になった。

「どうしてです」

抗議をするというより、単純に不思議だった。どうして僕はいけないのだろう。しかし、それには直接答えず、巨匠はグラスを口に運び、ひとくち飲んでから言った。

「航平、最近、何でもかんでも撮りすぎじゃないか」

「金が欲しいんです」

「それはさっき聞いた」

「急いで欲しいんです」

「急いで？」

「ええ、まとまった金を作って、早くマカオに戻りたいんです」

「マカオに戻る？」

「マカオでもういちどバカラをやってみたいんです」

「写真をまたやめて？」

「ええ、写真は金を稼ぐためだけにやってます」

「でも、ヨシは、航平が以前よりはるかに楽しそうに写真を撮っていると言ってたぞ」

「それは、金を貯めたら、写真をやめてマカオに行くと決めているからです。その世界から出て行かれるとわかっていれば、どんなことでも楽しくやれるもんだと知りました」

するとと、巨匠は、僕がいままで聞いたことがないと思えるほど低い声で言った。

「そうか……。実は、航平は写真に向いていないと思っていた。俺と同じように」

僕はさておき、巨匠が写真に向いていないというのはどういうことなのか。

「カメラマンに向いているのはヨシみたいな奴《やつ》だ」

それは僕も以前から感じていたような気がする。

助手時代、吉崎とは、暇なとき、よくゲームをやった。事務所の近くにある広い通りに出て行き、スピードを上げて走っている車を撮る。ただ撮るだけではなく、反対側の歩道に立っている電柱と車のバンパーの先が重なるか重ならないかの瞬間を捉《とら》えるのだ。どちらが最もきわどい瞬間を撮れるか。あとで現像してみて初めてわかることだが、いつも勝つのは僕だった。吉崎の写真は、電柱と車のノーズが重なっていたり、逆に離れすぎていたりするものばかりだった。おかげで、撮影先での移動の際には、いつも荷物をひとつよけいに持たせることに成功していた。それは写真の力量とはまったく関係のない、単なる運動神経のようなものだと思えたが、吉崎はめげずに挑戦しつづけてきた。やがて、僕と同じような写真が撮れるようになってきて、そのゲームはいつの間にかやらなくなった。勝負がつかなくなったからだ。吉崎は、写真に関しては、どんなことでも、鈍重なくらい粘り強く歩みを進めていた。

カメラを構えて疾走する車を撮っていたときの吉崎の姿を思い浮かべていると、巨匠がつぶやくように言った。

「カメラに向いているのは、撮ることで何かを実現できると思っている奴」

その言葉を受けて、僕もほとんどひとりごとのように口走っていた。

「写真を信じている奴」

「そう」

そして、巨匠は、さらに言葉を続けた。

「だが、俺もおまえも写真を信じてない」

「巨匠も？」

「たぶん、な」

「どうしてです」

「写真というのはロクでもないものなんだ」

その言葉は、あまりにも唐突すぎて、僕にはまったく理解できなかった。

「いろいろ存在する表現の形式の中で、写真というやつが最も中途半端《はんぱ》なものなんだ。人は誰もが罪を犯している。無罪の奴なんていない。文学は自分のその罪を告白することができる。絵画も、音楽だって自分の罪を描けないわけじゃない。でも、写真は、他人の罪を撮ることはできても、自分の罪を映し出すことはできない。いつもこちら側にいて撮るだけの、卑劣なものなんだ。俺は、自分を罪のない者として写真を撮りつづけていることにうんざりしている」

巨匠が苦々しそうに言った。

「航平、おまえと初めてハワイで会ったとき、アシスタントにならないかと誘ったのは、もちろん気働きのできる若者を必要としていたからだった。しかし、それだけじゃなかった。おまえは、俺と同類のような気がしたんだ」

「同類？」

「そう、どう言えばいいのかわからないが、おまえには最初から罪の匂《にお》いがした。おまえが罪を犯していないにしても、罪の間近にいたことによる頑《かたく》なさが感じられた。おまえは外見は柔らかそうだが芯《しん》に硬いものが潜んでいる。このグラスの中の氷のように冷たく硬い塊《かたまり》だ。放っておけば、心の全体が凍りついてしまうような危険性を感じた。俺のところに来たからといって、何をしてやれるわけではなかったが、写真を知ることでどう変化していくか見てみたかった。それは俺が自分を確かめるためでもあったんだ」

僕にも巨匠が他の助手とは違った眼で自分を見ているような気がしていたが、それがどういう思いによるものかまではわからなかった。

「おまえは、カメラを持って人と向かうことを覚えて変わったと思う。モデルの最も美しい瞬間を撮ってあげようとしつづけているうちに、おまえの本来持っているやさしさのようなものが現れてくるようになった。しかし、だからといって、心の奥の冷たく硬い塊が溶け切ったかどうかまではわからなかった」

僕は口の中で小さく呪文《じゅもん》のようにつぶやいていた。冷たく硬い塊、冷たく硬い塊……と。

「俺は写真を撮ることで、それも人を撮ることで人との関係を回復していくことができるようになった。しかし、それは他人とのあいだの関係であって、唯一無二の相手と家庭を作るというほどまで回復はしていなかった。俺の心の奥の冷たく硬い塊はどうしても溶けなかったからだ。人を本当には受け入れることのできなかった俺は結婚すべきではなかった。だが、人恋しさのあまり結婚してしまった。そのために大切な人を不幸にしてしまった……」

　そう言えば、巨匠の家族関係を詳しく聞いたことはなかった。奥さんを病気で亡くしているということだけしか知らないといってもいい。

「女房は病死ということになっている。それもある意味では間違いじゃない。だが、あれは自殺だった。ただ、その自殺が緩慢なものだったというだけだ。女房はある種のジャンキーだった。ヘロインや覚醒剤《かくせいざい》をやっていたわけじゃない。風邪薬のジャンキーだ。風邪の飲み薬の中には、ほんのわずかだが中毒性のものが入っている。妻はそれに中毒してしまったんだ。風邪でもないのに薬局で大量の飲み薬を買い込み、際限もなく飲みつづけたんだ。もちろん、気がついた俺はやめさせようとした。しかし、どうしてもやめられなかった。女房は、意志が弱かった。いや、意志の問題じゃなかった。女房には、その薬でトリップする必要があったんだ。死因は肝不全ということだったが、真の原因は俺にあった……」

淡々とした話し振りだったが、その底に深い悲しみが漂っているようだった。

僕が黙ってグラスを口に運んでいると、巨匠が言った。

「実は……」

しかし、そこで口ごもるように黙ってしまった。巨匠はまったく口ごもるような喋《しゃべ》り方をしない人だった。よほど話しにくいことなのかもしれない。

僕は黙って巨匠の顔を見つめた。

巨匠も酒をひとくち飲むと、思い切ったように口を開いた。

「実は、おまえには話してなかったが、おまえの親父《おやじ》さんについてはだいたいのことを知っている」

父に関してはすでに死んでいるという以上のことを巨匠に話してなかった。使い込みをしたことはもちろん、その死が自殺によるものだということも黙っていた。どこまで知っているというのだろうと思いながら訊《たず》ねた。

「どういうことですか」

「悪いが、興信所で調べさせてもらったことがあるんだ」

初めて聞く話だった。

「助手になるときに？」

僕が訊《き》くと、巨匠は苦笑しながら言った。

「まさか。助手を雇うのにいちいち興信所に頼んでいられるか」

「では、どうして」

「おまえが助手になって一年くらいした頃だったが、日本の蔵元を訪ねて、という連載を月刊誌のグラビアでやったことがあったろ」

「ええ」

その連載では、北海道から沖縄まで、日本酒や焼酎《しょうちゅう》や泡盛の蔵元を訪ね、三日ほど滞在して撮らせてもらった。

「そのとき、おまえが見初《みそ》められてしまったんだよ」

「見初められる？」

「撮影中の立ち居振る舞いを見て、酔狂なことにおまえを婿《むこ》にしたいと思った蔵元がいたんだよ」

「どこの蔵元ですか」

「まあ、終わったことだから、どこでもいいが、一人娘の婿にしたいと思うほど、おまえを気に入ったらしい。蔵元だけじゃなく、その一人娘もおまえにのぼせあがってしまった。東京に戻ってから、どんな方ですかという照会を受けて、責任上、おまえのことを調べてみた。まったく、何も知らなかったからな。それでいろいろ納得することがあった。おまえの親父のこと、お袋さんのこと……」

そういうことだったのか。

巨匠のグラスを見ると氷が溶けて酒が薄くなっている。僕はトングで氷をひとつ入れ、ボトルから酒を注いだ。巨匠はマドラーがわりに右手の人差し指をグラスの中に突っ込むと、軽く一回転させてからそのグラスを口に運んだ。そして、あらたまった口調で訊ねてきた。

「おまえは、親父さんのこと、どこまで知ってる？」

「勤め先の信用金庫の金を使い込んで自殺した」

「まあ、そうだ」

「その過程で、使い込んだ金を取り戻そうと博打をしてさらに穴を大きくした」

僕が言うと、巨匠は軽くうなずいてから訊ねてきた。

「その博打が何だったか知ってるか？」

「競馬とか競輪とか、そういうもんじゃないんですか」

「違う」

それは驚くほどはっきりとした否定の口調だった。

「地下カジノの博打だった」

「地下カジノ？」

およそあの父には似つかわしくない場所だった。

「それも、バカラだった」

僕は巨匠の顔を見た。まさか……と口の中でつぶやいてから、訊ね直した。

「本当ですか？」

「間違いない」

あの父がバカラをやっていたという。そのまま信じるわけにはいかないように思えた。しかし、不思議なことに、体の奥から震えのようなものが湧き起こってくる。

「信じられない……」

「親父さんが亡くなった半年後に同じ信用金庫で別の男の使い込みが発覚した。そいつが告白したそうだ。最初は自分が地下カジノに誘ったと。しかし、親父さんは自分よりはるかに熱中してしまったと。自分がやっていたのはブラックジャックだったが、親父さんはバカラにはまってしまったと」

僕には巨匠の声が遠くから聞こえてくるような気がした。

「蔵元には俺の一存で断りを入れた。おまえが婿に入れば一生酒には困りそうもないんで少々もったいないと思ったんだがな」

　半分くらいは本音だったらしく、苦笑に近いものを浮かべながら言った。

「それよりなにより、親父さんのことを知って、俺は考えることになった。おまえにあらかじめ博打の味を教えておいた方がいいのではないかと思ったんだ。抵抗力をつけるために。免疫《めんえき》力をつけるために。おまえの親父さんのように急激に博打を知って、急激にのめり込むのを避けさせるためだ」

　それで巨匠がとりわけ僕に対して博打を熱心に勧めた理由がわかった。

「だが、途中で考えを変えた。おまえは心底、博打が嫌いそうに見えた。それに、おまえは自分をコントロールする術《すべ》を知っている。だから、免疫力をつけるなどというようなお節介《せっかい》なことをしなくてもいいのではないかと思うようになったんだ。しかし……」

　そこで巨匠は僕を見て、驚いたように言った。

「俺はヨシからおまえの話を聞いて愕然《がくぜん》としてしまった。おまえが博打に入れ込んでいるという。しかも、バカラに入れ込んでいるという……」

　巨匠はそう言いながらまたグラスを口に運んだ。それを見て、僕も喉《のど》がカラカラに渇いているのに気がついた。グラスに入っている酒を一息に飲み干したが、それでもまだ喉の渇きはとれそうになかった。僕はボトルからグラスになみなみと酒を注いだ。

「やめておけ」

一瞬、酒のことを言っているのかと思ったが、もちろんそうではなかった。

「といっても、簡単にはやめられないのが博打だ。それくらいは俺にもわかっている。だが、バカラは駄目だ。おまえはやっちゃいけない」

僕は巨匠の声を聞きながら、バカラに淫《いん》してしまったらしい父のことを考えていた。あの父が、バカラのどこに惹《ひ》かれたのだろう、と。

「おまえが俺のところを出ていって初めて、出入りのプロダクションの女性と付き合ってることを知った。清水さんが教えてくれたからだ。それまでまったく気がつかなかった。それを知って、うまくいけばいいがと思っていた。いや、うまくいくだろうと思っていた。相手の女性の賢さも知っていたし、おまえが独立してから撮りはじめた写真にも、対象との関わりを無難にこなしている気配が感じられるようになっていた。ところが、ようやく一人前になりかけたときにすべてを捨ててバリ島に行くという話を聞いた。それも、清水さんに言わせれば婚約寸前だった女性と別れた上でだという。おまえが俺と同じ轍《てつ》を踏むようになるんじゃないかと不安だった。ところが、バリ島から戻ってきたおまえが撮る写真は一変していた。モデルの身に添い、モデルの最もいいところを引き出すことができるようになっていた。きっと旅先で何か深い経験をしたんだろうと喜んでいた。それが、よりにもよって……」

僕が黙っていると、これまでと違い、素朴な好奇心をにじませて巨匠が訊ねてきた。

「博打嫌いの航平が、どうしてバカラの沼に足を踏み入れてしまうことになったんだ」

同じ質問を吉崎にもされたことがある。バカラのどこに惹かれたんですか、と。そのときはただたどしい答え方しかできなかったが、今度はほとばしるように言葉が口からついて出た。

「博打にはいろいろあるんでしょうけど、バカラほど純粋な博打はないと思えたんです。競馬のように走る馬だけでなく天候や騎手のコンディションに影響されることもありません。ルーレットのようにボールを投げ入れるディーラーに場をコントロールされることもなければ、ブラックジャックのように他の客がカードを一枚多く引くかどうかで勝ち負けが変わることもありません。バカラは、バンカーかプレイヤーか、自分が、自分ひとりが判断すればいいんです。ディーラーも他の客もその判断には関与できません。自分とだけ向かい合い、自分とだけ語り合い、自分だけで決断する。そして、自分だけが責任を負う。バカラの台には、生きるということの最も純粋なかたちがあるように思えたんです。さっき巨匠はバカラの沼という表現を使いましたよね。マカオでも同じ表現を使う人に会ったことがあります。でも、バカラは泥の沼ではありません。美しい波の立つ緑の海なんです」

「そうか……」

巨匠はソファーに深く背中を預けると、暗い天井を見上げた。そして、しばらくして言った。

「もう行くところまで行くしかないようだな」

僕が黙っていると、巨匠はグラスに残っているバーボンを一息で飲んでからひとりごとのようにつぶやいた。

「バカラか……」

しかし、そこには、どこか羨《うらや》ましそうな響きがあるようにも思えた。

マンションの外に出たとき、レンズを借りてくるのを忘れていたことに気がついた。事務所に引き返そうとして、もうそれがどうでもいいことのように思えてきている自分に驚いた。

僕は青山通りに出るとそのまま渋谷に向かって歩きはじめた。このまま三軒茶屋まで歩きたくなった。まだ夜は寒かったが、体は芯が煮えたぎっているかのように熱く感じられる。酔ってはいなかったはずだ。あのていどのワインとバーボンで酔うはずはない。しかし、冷たい夜気が心地よい。青山通りの歩道を歩きながら、僕は巨匠の「罪」という言葉を反芻していた。

巨匠の「罪」は何だったのだろう。亡くなった奥さんを風邪薬のジャンキーに追いやってしまったことか。その前に、人を受け入れられないにもかかわらず結婚してしまったことか。

父の「罪」とは何だったのだろう。家庭を二つも持っていたことか。勤め先の金を使い込んだことか。保険金を目当てに自殺したことか。それとも、博打に、それもバカラに溺《おぼ》れたことか。

二つの家庭を行き来し、どちらともつかない宙ぶらりんの状態を生きていた父にとって、バカラは初めて生を濃く生きることのできる時間だったのかもしれない。

しかし、自宅の居間でときおり見せたあの遠い眼は、それだけが理由ではなかったように思える。父もまた劉さんに似た秘密を抱えていたのではないか。殺人というようなことではなかったろうが、妻にも子にも打ち明けられない何かの秘密を……。

劉さんの「罪」、李蘭の「罪」、ユリアの「罪」とは何だったのか。彼らの「罪」にどのような「罰」が下されたのだろうか。

誰しも「罪」を犯していると巨匠は言った。だとすれば、僕も当然「罪」を犯していることになる。僕の「罪」とは何なのだろう。あの父の子供として生まれたことか。それとも巨匠のように本当の意味で人を受け入れなかったことか。

そのとき、僕の脳裡《のうり》に浮かんでいたのは、バリ島に行く前に別れた恋人ではなく、オアフ島のノースショアーで知り合ったジミーの顔だった。

ジミーは、僕がワイメアのビッグウェーブに乗りそこねて大怪我《おおけが》をしたとき、毎日のように病院に来てくれた。そして、僕が波に乗ろうとしたときはあれほど必死に止めようとしたのに、病室ではさかんに後悔を口にするようになった。僕を止められなかったことではなく、自分もトライすべきだったというのだ。そしてコウヘイは最高の瞬間を味わったのに、自分は乗ろうとする勇気がなかったとひどく沈み込むようになっていった。せっかく精神的に回復したと喜んでいたジミーの家族も、また前のような状態になってしまうのではないかと心配せざるをえなくなった。

そのジミーの精神状況をさらに悪化させたのは、父親であるヤマグチ氏が提供してくれるアルバイトだった。僕が退院すると、海には入れないものの、運転するには支障がなかったので、ヤマグチ氏がコーディネートする日本のメディアの案内役をよく頼まれるようになった。もともと日本語をたどたどしくしか話せなかったヤマグチ氏は、コーディネートする日本人たちと細かいところの意思の疎通《そつう》を図るのが得意ではなかった。それは、とりわけ彼らの不満な点を充分に把握できないというところに現れることが多かった。日本人はあまり直接的に不満を述べない。しかし、それが積もり積もって思わぬところで爆発する。ところが、僕がいると、日本人たちも細かい注文が出しやすいらしく、不満が蓄積することが少なくなる。ヤマグチ氏にとっては、英語が喋れるジミーより、英語はおぼつかなくとも、日本語の話せる僕の方が役に立つようになっていた。

僕が重用されることに疎外感を抱いたジミーはしだいに父親のヤマグチ氏と口をきかなくなり、やがて、その年の秋になると、結婚している姉を頼って西海岸に行ってしまった。僕には、ワイメアでは先を越されたが、マーベリックスを先に乗るつもりだと告げて出発した。マーベリックスは西海岸で最も大きな波が打ち寄せることで有名な北カリフォルニアのサーフポイントだった。

ところが、冬になり、ワイメアに打ち寄せるビッグウェーブを前に、どうしても乗ることができない日々を送っている僕の前に、痩《や》せ細ったジミーがハワイに帰ってきた。最初は、マーベリックスではなく、やはりワイメアの波に乗るために帰ってきたのかと思ったが、そうではなかった。ジミーはドラッグの深刻なジャンキーになっており、とてもビッグウェーブに取りつくどころではなくなっていたのだ。

ハワイに帰って来たのは僕に助けを求めてのことだったかもしれない。しかし、この冬こそワイメアのビッグウェーブを乗りこなさなくてはならないと思いつめていた僕にはジミーのことを思いやる余裕がなかった。自分のことで精一杯だったのだ。

やがて、ジミーは大量のアルコールを飲んだあげく交通事故を起こし、まるで自殺するかのように死んでしまった。

その少し前から、僕にSOSを発信しているのはわかっていた。だが、僕はジャンキーになっているジミーを見るのがつらかった。いや、つらいというより、単純にいやだったのだと思う。海の子であるジミーは、僕たちが初めて会った頃の、まったく波のない沖でボードに乗ってたゆたっていたあの頃の、輝くような日々の象徴だった。そのジミーの変わり果てた姿を見るのが僕はいやだったのだ。

いまも、最後となった別れ際《ぎわ》のジミーの悲しげな表情を忘れることができない。たぶんジミーは、じゃあなと冷たく言って歩き去った僕に、拒まれたと思ったことだろう。僕は人をあるがままに受け入れようとしなかった……。

いや、と思った。僕はマカオで、李蘭と劉さんの二人をあるがまま受け入れていたのではなかったか。まるで家族のように。どうしてそんなことになったのか自分でもよくわからない。だが、これまで僕が覚えたことのないような感情を抱いたことだけは確かだった。それが友情なのか、あるいは愛情と呼べるものかどうかはわからない。ただ、二人が自分の一部であるというような不思議な感覚を伴うものだったことは間違いないのだ。

僕は青山通りが玉川通りと名前を変える渋谷駅のあたりを通り過ぎ、なだらかな坂を上り切ると旧山手通りとぶつかるところの交差点の赤信号で立ち止まった。

ふと、夜空を見上げると、東京には珍しく無数の星がきらめいている。その瞬間、ハワイのノースショアーでいつも見ていた壮大な星空が思い出された。輝きの異なる無数の星が、深い藍色《あいいろ》の夜空にびっしりと敷き詰められたように瞬《またた》いている。

夜空を埋め尽くす星々は……そうだ、まるでバカラの台に現れつづける無数の「庄」と「閒」の目のようだ。

僕たちは、たとえば、その膨大な数の目の星をひとつずつ選ぶようにして、「庄」に賭《か》けたり「閒」に賭けたりする。そうすることによって僕たちはバカラの夜空にそれぞれの航跡を残していくのだ。

航跡、という言葉が僕にサーフィンのマニューバーを思い起こさせたのかもしれない。自分が海ではなく夜空でサーフィンをしている姿が眼に浮かんできた。ひとつずつ星を選んでいくことで一本のマニューバーを描いていく。そのライディングには、いまはもう海のサーフィンでは味わえなくなっていた、心を解き放ってくれる昂揚感《こうようかん》があるような気がする。夜空の中に、ただひとり在ることの静かな喜び……。

眼の前を何台ものタクシーや乗用車が走り過ぎる。

そして、クレーンを積んだ巨大なトラックが一台通過したとき、僕の体の中にヒリヒリとしたバカラの時間が不意に甦ってきた。そして、思った。

〈急ごう！〉

信号が青に変わった。

長い横断歩道を渡り切ると、僕は意味もなく走りはじめた。

4

金曜日の夜、いつものレストランで村田明美を待っていた。

彼女が遅れたわけではなかった。僕が約束の時間よりだいぶ前に来て、ひとりで先にビールを飲んでいたのだ。

　やがて、時間どおりに村田明美がドアを開けて入ってきた。

　そのとき、いつもならあたりがふっと明るくなるはずなのに、何の変化も起きないことに気がついた。

　僕の前の席に坐《すわ》った村田明美もビールを注文した。そして、一杯飲み干したとき、不意にテーブルを軽くノックしながら言った。

「トントン。伊津さん、どこにいるんですか」

　何を言われているかわからないまま、僕はつぶやくように言った。

「ここにいるけど……」

「ここにはいません」

「いないと言っても……」

「心がここにはありません」

　僕はじっと村田明美の顔を見た。すると、彼女の言葉どおり、自分がしだいに遠く離れていくように思えてきた。確かに僕はここにいない。僕の心はここにない。

　しばらくして、村田明美がぽつりと言った。

「やっぱり行ってしまうんですね」

その言葉に胸を衝《つ》かれた。何も言っていないのにわかっていたらしい。しかし、そうなのだ、やはり、行きたいのだ。

村田明美だけではなかった。店の壁も、天井も、遠くに見える。もう帰ってくることはできないのかもしれないと思った。すると、その思いが伝わったかのように村田明美が言った。

「もう帰ってこないんですね」

僕は遠ざかる風景を前にして黙ったままだった。

翌日、洗いざらいの金を集め、香港までの片道切符を買った。

日本に帰ってこないと決めたわけではない。できるだけ、李蘭と劉さんに渡す金を多く、そしてバカラの種銭を多くしておきたかったのだ。だから、クレジットカードの引き落とし用に使っていた最後の銀行口座からも、一円も残さず下ろしていた。

夜、その決意を告げると、吉崎が言った。

「預かっている機材ですけど」

「もちろん、いままでどおり自由に使ってくれてかまわない」

「いや、できれば譲ってほしいんです」

「もともと、そのつもりだったからプレゼントするよ。居候代のかわりに」

「いや、それは困ります。少なくて申し訳ないんですけど、五十万でどうでしょう」

そうやって、餞別《せんべつ》をくれようとしているらしい。断ろうと思ったが、金はあればあるほどいいと思い返した。

「ありがとう。それならその半分、二十五万くれないか」

「そんなんでいいんですか」

「充分すぎるくらいだよ」

「こんども一台もカメラを持っていかないんですか」

「うん」

「マカオで撮りたいものはなかったんですか」

「うん……」

李蘭の裸は撮ってみたかった。背中に蛇のような疵《きず》のある体。しかし、撮らせてはくれないだろう。それに、撮ってどうなるというものでもない。

「長いあいだ居候を決め込んで申し訳なかった」

「とんでもない。航平さんがいなくなると寂しくなります」

「馬鹿《ばか》なことを言うな」

「ほんとです」

「ヨシは、いいカメラマンになると思う」

「そんなことないですよ」

「いや、きっと、なる。巨匠も同じ意見だった」

「巨匠も？」

「そう。ヨシは俺よりいいカメラマンになるって」

吉崎はその言葉をどう受け取ればいいのかわからず困惑しているようだった。

「俺も巨匠と同じ意見だ。俺は撮ることでは震えない」

「バカラでは？」

「震えない。でも、心が洗われるような気持がする。透きとおっていくような……」

「いつ、行くんですか」

「仕事の手当がついたら、すぐ」

すでに決まっている仕事の約束がいくつかあったが、明朝から出版社を廻り、断りを入れさせてもらうつもりだった。

「絶対、帰ってきてください」

僕が黙っていると、吉崎が村田明美と同じことを言った。

「このまま行ってしまうと、帰ってこないんじゃないかという気がして……」

「もしヨシのスケジュールが空いている日があったら、俺の代わりをしてもらいたいんだけど、いいかな」

女性誌でヌードをという仕事を念頭に置いて言った。

「僕でよかったら」

「相手の都合もあるだろうけど、ヨシもいいヌードを撮れると思うんだ」

話しているうちに、この数カ月間、それなりに面白いと思っていた撮影という行為が、急に色褪《いろあ》せたものに思えてきた。遠い過去の行為のような、まるで実体のない夢の世界のもののような……。

「村田さんには言ったんですか」

「わかってた」

「わかってた？」

「何も言わない先に、彼女が、行くんですね、と口にした」

「かわいそうに……」

そうつぶやいてから、吉崎が強い口調で言った。

「考え直しませんか」

僕が黙っていると、いつも以上に大人びた口調で静かに言った。

「航平さん、もしかしたら、人生で最も大事なものを失うかもしれないんですよ」

吉崎の言うとおりかもしれない。もしかしたら、ではなく、間違いなく大切なものを失うことになるのだろう。しかし、だから、行かないという答えは出てこない。たとえ、どれほど大切なものを失うことになろうとも……。

第十三章　汚れた手

1

その日、マカオに着いたのは夕方だった。

東京を午前の早い便で出ていたので、午後二時には香港に着いていた。しかし、香港の九龍《カオルン》側にある啓徳《カイタック》空港から香港島側の水中翼船が発着する港澳碼頭《ゴンオウマータウ》に着いたときには午後四時を過ぎていた。タクシーが九龍と香港島を結ぶ地下トンネルの渋滞をなかなか抜けられなかったからだ。

窓口で四時半出航のチケットを買い、水中翼船に乗った。

東京は桜の季節がようやく終わるという時期だったが、香港はもう初夏のような暑さだった。水中翼船にも強い冷房が入っている。

出航すると、やがて香港島のビル群を離れ、小さな島が点在する水路をマカオ目指して走りはじめた。

まだ日は充分に残っているが、島は霞《かすみ》がかかったようにぼうっとしている。

乗客の数は七、八割くらいだろうか。幸運にも席が窓側だったおかげで、前方の壁に掛かっている大型モニターで、繰り返し繰り返し流されているマカオのホテルやレストランのコマーシャル映像を見ないで済み、現れては消えていく島影をぼんやり眺めていることができた。

すべては、去年の六月三十日、バリ島からの帰りに香港で途中降機してしまったことから始まった。イギリスから中国への返還騒ぎの渦中《かちゅう》にあった香港では泊まるホテルが見つからず、二泊だけの予定でこれと同じタイプの水中翼船でマカオに向かったのだ。しかし、それが、二泊どころか六カ月もの長さになろうとは思いもよらないことだった。

イギリス領香港の最後の日に、この水中翼船でマカオに向かったときのことは何から何まではっきり覚えている。

だが、にもかかわらず、その日はつい一カ月前のことのような気もするし、何年も前のことのような気もする。

その不思議な感覚に手繰《たぐ》り寄せられるようにして、不意に、李蘭の姿が浮かんできた。

それは、リスボアの廊下を回遊している李蘭でもなければ、僕の部屋のソファーでくつろいでいた李蘭でもない。脳裡《のうり》に浮かんだのはペンニャ教会やフランシスコ・ザビエル教会で祈っていたときの白いベール姿の李蘭だった。

李蘭はどうしているだろう。マカオじゅうの教会で祈りたいと言っていたが、すべて廻ることができたのだろうか。

すると、僕の思いは、日本にいるときはなるべく考えないようにしていたあるところに向かっていってしまった。それは李蘭がどのように金を得ているかということだった。やはり仕事を再開しているのだろうか。マカオで肺ガンの劉さんの面倒を見ていこうとすれば、リスボアでイリーナと一緒に回遊する仕事に戻るより仕方がないのかもしれない……。

水中翼船でマカオに着くと、「訪澳旅客」と記されている窓口でパスポート・コントロールを受け、「MACAU　澳門　9APR1998入境」というスタンプを押してもらって外に出た。

長い列を作って停まっているタクシーの一台に乗り込み、若い運転手にリスボアのホテルの前につけてもらった。

ロビーの中央にある階段を昇ってホテルのレセプションの前に立ち、チェックインを担当している女性のスタッフに訊《たず》ねた。

「部屋はある？」

今回も予約は取っていなかった。

「何泊ですか」

それも特に決めていなかったが、思いついたままの数字を口にした。

「とりあえず三泊くらい」

「平日だと七百ドルという部屋が空いています」

「それでいい」

宿泊カードに必要事項を書き込んでいるとき、以前泊まっていた部屋のことが思い浮かんだ。部屋の番号は……一〇八六だったような気がする。

「そうだ、一〇八六号室は空いている？」

訊ねると、その女性スタッフは、ちょっとお待ちくださいと言い、卓上のコンピューターのキーボードを叩《たた》いて調べてくれた。

何度か画面を変え、最後の画面をしばらく注視してから言った。

「空いています」

「ありがたい。それなら、その部屋に替えてくれるかな」

「九百ドルになりますけど、いいですか」

「去年泊まったときはその部屋も平日が七百ドルだったけど」

僕が軽く異議を唱えると、その女性スタッフは即座に応じた。

「いえ、そんなはずはありません。一〇八六号室は、スタンダードの部屋ではありませんから」

その瞬間、村田明美が、特別な操作をして安く泊めてくれていたのかもしれないと気がついた。そう言えば、ホテルの廊下を歩いていて、清掃中の他の部屋の内部が見えることがあると、確かに自分の部屋の方がいくらか広いような印象を受けた。それを単なる幸運と思っていたが、違っていたらしい。

「わかった。九百ドルでもいいから一〇八六号室にしてくれるかな」

やはり、あの部屋からの眺めは、差額の二百ドル、三千円には替えがたいと思えたからだ。

慣れ親しんだ図柄のカードキーをスライドさせて扉を押し開けると、窓に掛かっている薄いレースのカーテンの向こうから暮れ方のタイパ大橋が眼に飛び込んできた。

そのとき僕は、帰ってきたのだな、と思った。僕が帰るべき場所はやはりここだったという気がした。

李蘭はすでに回遊を開始しているだろうか。そう思って時計を見ると、まだ午後六時を過ぎたばかりだった。

中国人の若い娼婦《しょうふ》たちは短い期間で多くを稼ぐため、昼間から廊下を回遊する。しかし、イリーナと李蘭は夜に入ってから客を探す。短い時間で多くの客を捌《さば》くことができる時間帯は、午後九時から午前一時だと言っていた。それは、客たちが夕食をとったあとから、そろそろ博打《ばくち》を切り上げようかと思う頃合いまでを意味している。リスボアで仕事をしていたときの李蘭は、午後八時くらいから回遊するのが常だった。

僕は李蘭が回遊を始めるまでの時間をカジノでつぶすつもりで部屋を出た。

2

リスボアのカジノは僕が東京に向かった四カ月前と何ひとつ変わっていないようだった。とりわけバカラの台にはあいかわらず多くの客が群がっている。もちろん、熱く盛り上がっている台もあれば、弛緩《しかん》した空気の流れている台もある。しかし、どの台のどんな勝負も、久しぶりの僕には新鮮だった。僕は一楼から二楼、そしてまた一楼へと移動しながら、さまざまなバカラの台の上で繰り広げられているさまざまな勝負を眺めつづけた。

瞬《また》く間に時間が過ぎてしまったらしく、気がつくと午後八時を過ぎていた。そろそろ李蘭が現れる頃だ。僕は彼女たちが回遊するホテル側の廊下へ出ていくことにした。

だが、しばらく地下商場のケーキ屋の前に立って待っていたが、回遊している娼婦たちの中に李蘭の姿を見つけることはできなかった。安心すると同時に不安にもなった。リスボアで仕事をしていないとすれば、どのように金を稼いでいるのだろうか、と。僕が渡した金はとうになくなっているだろうし、李蘭の蓄えも底をついていたはずだった。

そこに李蘭と親しいイリーナがやってきた。

「李蘭を知らないか？」

僕が訊ねると、リスボアでは見かけなくなっているけれど、もしかしたら美麗街《メイライガイ》の「マノス」にいるかもしれないと教えてくれた。

「ずいぶん前だけど、あそこにピザを食べに行ったら、バーで飲んでいたわ。このあいだ行ったときも飲んでいた。二度とも同じことを言ってた。ここで人を待ってるんだって」

それを聞いて、李蘭がそこで待っているのは、たぶん僕だろうと思った。

急いでリスボアを出て美麗街に向かうと、間違いなく「マノス」のカウンターに李蘭はいた。李蘭はいたが、そこで思いもよらないことを聞かされた。僕が劉さんの体の具合を訊ねると、李蘭がこう言ったのだ。

「死んだわ」

二月の末だったという。僕が金を持ってくるのが遅れたために劉さんを死なせてしまった。

「ごめん、悪かった……」

僕が謝ると、李蘭が言った。

「違うわ、お金はあったの」

にもかかわらず、劉さんが医者にかかろうとしなかったのだという。もういいんだ、と言って。

だとすると、どうして李蘭はここで僕を待っていたりしたのだろう。

「なぜ？」

僕が訊ねると、李蘭が言った。

「渡すものがあったの」

そして、劉さんが残したという一冊のノートを手渡してくれたのだ。

「死ぬ前にわたしに言ったの。これを航平に渡してくれって」

僕は表紙に子熊《こぐま》の絵が描いてあるそのノートを受け取ると、軽く丸めて片手に持った。その場でノートの中に書いてあるかもしれない劉さんの文章を読む気にはなれなかったのだ。

それを見て、李蘭が言った。

「これでやっとマカオから出ていけるわ」

福建に帰るのだという。生まれ故郷ではなく、省都の福州に行くつもりらしい。

「さようなら」

椅子《いす》から立ち上がった李蘭に言われて、僕も同じようにさようならと応じれば、それが永遠の別れになってしまうことに気がついた。

「明日もういちど会えないかな」

僕は李蘭に言った。最後に一緒に食事をしたいと望んだのだ。いや、食事をすることより、少しでも李蘭と一緒にいる時間を得たいと思ったのだ。

李蘭は、僕からリスボアのルームナンバーを聞くと、そこに迎えに行くわ、と言って去っていった。

カウンターから遠ざかっていくその背中に向かって、思わず僕は声を掛けていた。

「もし僕がマカオに戻ってこなかったら……」

どうしていたか。しかし、そこまで訊ねる前に、李蘭は振り向き、口元に初めて見るようなやさしい笑みを浮かべて言った。

「ここでおばあさんになってたわ」

ひとりカウンターに残された僕は、ウェイターにビールを頼んだ。しばらくして、自分がひどく空腹なのに気がつき、チーズの上にバジルを散らしただけの簡素なピザを追加して注文した。

ピザを食べ、ビールを飲みながら、劉さんが死に、李蘭がマカオを去るという現実をどう受け止めればいいのか、茫然《ぼうぜん》と考えつづけた。


リスボアの部屋に戻ったのは、午後十時頃だった。

僕は、ベッドに坐《すわ》り、李蘭から渡されたノートを開いた。

劉さんが死の間際《まぎわ》に僕に書き残そうとしたことがあるとすれば、それは恐らくバカラについてのことだろうと思えた。たぶん、必勝法についての何かだ。

そのとき、不意に、李蘭が「マノス」で口にした言葉が大きな意味を持って甦《よみがえ》ってきた。

「違うわ、お金はあったの」

二人には金があったという。李蘭がリスボアでの仕事をしていない以上、二人に金が入る道はない。考えられる唯一《ゆいいつ》のことは、劉さんがカジノで勝ったということだ。しかも、その金をカジノから持ち帰った。

だとすると、それは劉さんがバカラの必勝法につながる大事な何かを摑《つか》んだからではないのか。それを僕に伝えようと思った……。

ノートは一ページ目も二ページ目も白紙だったが、三ページ目にようやく文字が現れた。しかし、そこにはたった一行しか記されていなかった。

波の音が消えるまで

それ以後のページもすべてめくったが、何も記されていない。

僕は当惑した。「波」がツラ目を示すものだということはわかる。劉さんとは、バカラの必勝法に辿《たど》り着くための道筋として、「波」という概念が大事なのではないかと話し合った。劉さんは僕が口にした「波」という言葉に思いのほか強く反応してくれた。あれからも、ずっと頭の中で転がしつづけていたのだろう。

だが、「波の音」というのがわからなかった。バカラにおいて目が連続すること、つまりツラ目を「波」と捉《とら》えるのは、単なる比喩《ひゆ》にしかすぎない。たとえそれがとてつもない大きな波であろうと、現実に音を発するはずもない。しかも、劉さんが記しているのは、その音が「消えるまで」というのだ。消えるまでが何だと言うのか。「波の音」も、「消えるまで」も、どちらも僕には理解できない言葉だった。「波の音が消えるまで」とはいったい何を意味しているのか。

しかし、その一行が僕に何かを伝えようとしたものであることは間違いない。劉さんは僕に何を伝えようとしたのだろう……。

3

ふと、眼を覚ますと、カバーの掛かったままのベッドに仰向《あおむ》けになって眠っていた。僕はベッドに引っ繰り返り、天井を眺めながら、劉さんとのこれまでのさまざまなことを思い出しているうちに、いつの間にか眠り込んでしまっていたのだ。

僕はベッドから起き上がり、窓の外を見た。

タイパ大橋を行き交う車が少なくなり、ヘッドライトとテールランプの光の流れも途切れがちになっている。時計を見ると、午前三時を過ぎていた。

部屋に戻ってきたのは午後十時頃だったから、四、五時間も眠っていたことになる。

そういえば、香港の中国返還の前夜、バリ島から香港に着き、泊まる宿がなくてこのマカオまで来た最初の日の夜も、カバーの掛かったままのベッドの上に引っ繰り返り、出目表《でめひょう》の裏に書いてあるバカラのルールを見ているうちに眠り込み、眼が覚めるとその出目表が胸の上に落ちていたということがあった。まったく似たようなことを繰り返している、と自分に向かって苦笑したくなった。

窓の外では、一台のタクシーが、こちらの半島側からタイパ島に向かって橋を渡りはじめた。橋の中央部分には小さい丘のような盛り上がりがあり、その頂点に向かって登っていったタクシーのテールランプが、登り切って、今度は下っていくにしたがってこちらからは見えなくなる。しかし、やがて、また姿を現し、タイパ島に向かって走っていくのが見える。その滑るように遠ざかっていくテールランプを眼で追いながら、劉さんが死んだということをどう受け止めていいのか考えつづけた。

僕の内部に虚《うつ》ろな空洞のようなものができているのが感じられる。

いま考えてみれば不思議だが、日本にいるときは李蘭や劉さんがどう生活しているか不安になることはあっても、劉さんの死が頭に浮かぶことはなかった。どこかで僕が戻るまで二人そろって待っていてくれるだろうと思っていた。それには何の根拠もなかったのだが。

李蘭によれば、劉さんは「もういいんだ」と言って死んでいったという。

すべてを失って？

いや、そうではないらしい。劉さんには珍しく、勝ってカジノから金を持ち帰ったのだ。

以前、バカラの台の前に坐っていた劉さんが、体の変調を覚えたらしくチップをポケットに入れて席を立ったことが一度ある。そのときを唯一の例外として、劉さんは勝って席を立ったことはない。しかも、李蘭の口ぶりでは、そのときの額とは比較にならないほどの大金を得たらしい。そのことはバカラの必勝法につながる何かを摑んだということを意味しているはずだ。それなのに、どうして「もういいんだ」などと言って死んでいくことになったのだろう……。

やがて夜が明け、太陽が昇りはじめても、僕は窓の外に眼をやったまま考えつづけた。

〈……わからない〉

僕は軽く頭を振ると、バスルームに入った。

部屋の冷房を切らずに眠っていたため体が冷え切っている。バスタブに熱い湯を張り、ゆっくりと浸《つ》かった。

湯に浸かっていても、頭の中から去ろうとしないのは劉さんのノートにあったあの言葉だった。

バスルームを出て、ふたたび窓の前に立った。

今朝のマカオも前日の香港と同じく、晴れてはいるが霞がかかっている。こちらの半島部分からタイパ大橋が架かっているタイパ島までは何十キロもあるという距離ではないが、橋の先から向こうがぼんやりと霞んでいた。

時計を見ると、午前八時を過ぎている。僕は「福臨門酒家」に行くことにした。去年、宿をこのリスボアからセナド広場近くの安ホテルに変えるまで、毎日のように通っていた店だ。

入っていくと、僕の顔を見た支配人格の中年の女性が「久しぶりね」というように笑いかけてきてくれた。そして、案内してくれた席も、以前と同じ壁際の二人用のテーブルだった。僕はテーブルの上にのっている飲茶《ヤムチャ》の注文表を一枚抜き取ると、その横に転がっている鉛筆で、料理名の下についている四角い桝《ます》に数量を書き込んでいった。

晶宝蝦餃皇　一
上湯鮮竹巻　一
皮蛋瘦肉粥　一

しばらくして出てきた料理の味も僕の舌が記憶しているとおりのものだった。すべてが同じで、以前とまったく変わっていない。しかし、僕を取り巻く状況はすっかり変わっている。劉さんは死に、李蘭はマカオを出て行くという。僕が日本で必死に金を作り、マカオに戻ってきたことの意味がなくなっていた。二人のいないマカオで何をどうしていいのか。食べながらも、どこか途方に暮れるという感じがなくもなかった。

食べ終わって「福臨門酒家」を出ると、僕はそのままリスボアに戻り、カジノに足を向けた。福建に帰るという李蘭とは夜に最後の食事をする約束がしてあった。しかし李蘭が僕の部屋に来るのは午後の六時か七時頃だろうと思えた。バカラをする時間は充分にあるはずだった。

正午前という時間のせいもあったのか、カジノの一楼の中央にあるバカラの大きな台に、珍しく空席がある。僕は七番の席に坐った。

日本にいるときは、この緑のフェルトが敷き詰められた台が恋しくてならなかった。眠っているときも、バカラの台の前で賭《か》けている夢を何度か見たほどだった。不思議なことに、チップを賭けたりカードをオープンしたりするところまでは見るのだが、勝ったか負けたかまではわからない。いつもその途中で終わってしまう。しかし、それだけでも、バカラの夢を見た翌朝は、なんとなく気分が昂揚《こうよう》していたものだった。ところが、いざ実際にその台の前に坐ってみると、さほど心が激しく動かされるということはなかった。

空港で日本円から換金しておいた香港ドルのうち、千ドル札を十枚、計一万ドルをディーラーに放り投げた。ディーラーは、千ドル札の透かしの有無を丹念にチェックしてから、その一万ドルを、五千ドルのチップ一枚と千ドルのチップ四枚、五百ドルのチップ一枚と百ドルのチップ五枚にして渡してくれた。

そのチップで五百ドルを単位にして賭けつづけているうちに、バカラが僕の体の中で本格的に甦りはじめた。次は「庄」か「閒」か。ただそれだけのことに神経を集中し、決断してはチップを賭ける。その単純な繰り返しの中に、しだいに没入していくようになった。

バカラとは、偶然の中に必然を見出《みいだ》そうという儚《はかな》い努力そのもののようだ。あるとき、それも不意に、その努力が報われるときがくる。偶然の霧の中から必然の細い小径《こみち》が見えてくる。「庄」か「閒」かの読みが連続して当たるようになる。しかし、それも長くは続かない。やがてまた、必然の小径は偶然の濃い霧の中に立ち消えてしまうのだ。

僕はチップを賭けることに没入しながら、頭のどこかで別のことを考えていた。別のこと、もっと正確に言えば別の言葉のこと、である。

波の音が消えるまで

波の音が消えるとはどういうことなのだろうか。波の、音が、消える、まで。言葉を細切れにし、ひとつひとつを光に照らすように、水に晒《さら》すようにして吟味してみた。

しかし、わからない。そもそも波の音とは何なのだろう……。

黒いシューの箱の中から白いカードが出てきてそのシリーズが終わったとき、台の上に置いてある僕のチップは一万ドルをほんのわずか割り込んでいた。

4

夕方、五時過ぎにバカラを切り上げ、部屋に戻って李蘭を待っていた。

李蘭が来たらペンニャ教会の近くにあるホテルに行くつもりだった。あまり格式張った場所に入るのを好まなかった李蘭が、そのレストランのテラスでの食事は気に入っていたという記憶があったからだ。

午後六時半、部屋のドアがノックされた。チャイムを鳴らさずノックをするのは李蘭しかいない。

ドアを開けると、古ぼけた臙脂《えんじ》色《いろ》の絨毯《じゅうたん》が敷き詰められた廊下に、淡いグリーンのワンピースを着た李蘭が立っていた。そのまま一緒に外に出ていくつもりだったが、李蘭は部屋の中に入ってきてしまった。そして、大きな一枚ガラスが嵌《は》めこまれた広い窓の前に立つと、外に眼をやった。

その眼の先には、ヘッドライトを灯《とも》しはじめてタイパ大橋を走る車の列がある。

僕もその背後に立ち、同じように黙って窓の外に視線を向けていたが、しばらくしてから李蘭に言った。

「そろそろ、行こうか」

「どこに？」

李蘭が窓の外に眼をやったまま言った。

「レストランに。食事に」

僕が言うと、李蘭が思いがけないことを口にした。

「外に出るより、ここにいたい。最後だから、ここからの景色を見ていたいの」

この部屋に来ると、決まって窓の前に立って外を見ていたが、それほど気に入っているとは思わなかった。

僕は予定を変更してルームサービスを頼むことにした。電話を掛け、ルームサービス用のメニューからポルトガル産の赤ワインと、あまり代わり映えのしない料理を注文した。スモークサーモンとグリーンサラダと牛肉のグリル、それとコーヒー。

そのあいだも李蘭は黙って視線をタイパ大橋に向けている。

僕は、電話を切ってから、李蘭に訊ねた。

「やっぱり福州に行くの」

「そうするつもり」

行ってどうするつもりなのか。訊ねようとしてやめた。それを知ったところで何が変わるわけでもない。

「いつ」

「二、三日のうちに」

そう言うと、李蘭は窓辺を離れてソファーに腰を下ろした。僕もその前に坐り、あらためて薄く化粧している李蘭の顔に眼をやった。

昨夜の李蘭はまったく化粧をしていなかった。それが逆に色の白さを浮き立たせているように感じたが、いま化粧をした李蘭の顔を見ると、その白さが透き通るようになっている。美しいな、とあらためて僕は思った。この美しさが、もう僕の手の届かないどこかに飛び去ってしまうのだ……。

「東京はどうだった」

李蘭が訊ねてきた。

「うん、まあ……」

「楽しかった？」

東京は楽しかったか？　僕はどのように答えればいいかわからなかった。

「ただ、毎日、できるだけ多くの金を稼ごうとしていただけだから……」

「楽しくなかった？」

「いや……でも、どうして？」

僕が訊ねると、李蘭は足元に視線を落とすようにして言った。

「本当は自信がなかった」

「何が？」

「航平がマカオに戻ってくるかどうか。東京に帰れば、きっと楽しさに引きずられてわたしたちのことなんか忘れてしまうかもしれないと思って」

胸が鋭利な刃で刺されたように痛んだ。確かに、忘れかけたことがあったからだ。少なくとも、一度は忘れてもいいかもしれないと思ったことがある。

「航平に会いたかった……」

李蘭がことさら感情のこもらない声で言った。しかし、語尾が微《かす》かに震えていた。

「会って、さよならを言いたかった……」

それを聞いて、僕は体の奥から熱い思いが突き上げてくるのを覚えた。だが、それをうまく言葉にすることはできなかった。

李蘭は、ソファーから立ち上がると、ふたたび窓の前に立って外に眼を向けた。李蘭が部屋に入ってきたときはまだ明るさが残っていたが、いまはもう外は真っ暗になり、タイパ大橋を走る車のヘッドライトの光の鮮やかさが増している。

僕も立ち上がって背後に立つと、李蘭がこちらを向いた。左手で李蘭の肩を抱き、右手を背中にまわした。すると、その手のひらに、ワンピースの薄い布地を通して、微かに隆起しているあの疵痕《きずあと》が感じられた。僕は右手の人差し指で、右肩から腰にかけて斜めについている蛇のようなその疵痕をなぞっていった。

李蘭の体がこわばるのが伝わってくる。僕は肩を抱いた手に力を込め、李蘭の体を引き寄せようとした。すると、李蘭は両手を僕の胸に当て、突っ張るようにして、言った。

「だめ、汚れてる」

以前もそう言って拒まれたことがある。何のことを言っているのかはっきりとはわからなかったが、僕のことではなく、自分のことを言っているのだということは理解できた。

この疵をつけた男との日々のことを言っているのか。それとも体を売って金を稼いでいた行為を指しているのか。いずれにしても、そんなことは充分に知っているのだ。

あらためて言うほどのことではない。

「汚れてなんかいないさ」

僕がなだめるように言うと、李蘭は激しい口調で言った。

「汚れてる」

「君の体はきれいだよ」

「体じゃないの」

「体じゃない？」

「手」

「手？」

手が汚れている？　それは比喩なのだろうか。戸惑《とまど》ったまま、背中に回した右手でもういちど疵痕をなぞった。

ふっと、李蘭の体から力が抜けた。僕がもういちど強く抱き寄せると、もう両手で突っ張るようなことはしなかった。

僕は眼の下に見える李蘭の耳に軽く唇をつけた。一瞬、李蘭の体がピクリと動いたが、その姿勢を変えようとはしなかった。しかし、僕の唇が薄いピンク色に染まった耳たぶから首筋に移動しはじめると、僕の肩口にあった李蘭の唇から熱い息と共に言葉が洩《も》れた。

「ビールを、飲ませてくれる？」

そう言われて、僕も喉《のど》が渇き切っていることに気がついた。

「飲もうか」

僕は李蘭を抱いていた腕を解いた。

冷蔵庫に入っているサンミゲルの缶を取り出し、部屋に備えつけられている二つのグラスに注いだ。そのひとつをソファーに坐り直していた李蘭の前に置き、もうひとつを片手に持ったまま僕もソファーに腰を下ろした。

グラスを手にした李蘭は僕のグラスに軽く合わせるような仕草をし、僕もそれに応じたが、共に乾杯の言葉を口にすることはなかった。祝うことは何もなかった。あるとすれば、悼《いた》むことだったかもしれない。劉さんの死と、僕たちの別れ。しかし、それぞれがグラスを口に運び、冷えたビールを喉に流し込んでも、無言のままだった。

李蘭と何を話せばよいか、僕にはわからなかった。だから、僕も李蘭が視線を向けているタイパ大橋の車の流れを眺めながら、黙ってビールを飲みつづけた。

ふと、劉さんが住んでいた部屋の、鉄格子《てつごうし》のはまった小さな窓が思い出された。煙草《たばこ》の脂《やに》で黄土色に染まり、眼の前に迫ったアパートすらよく見えなくなっていた。

もし、劉さんがここからの景色をゆっくり見ることがあったら何と言っただろう。

「劉さんが……」

僕が言いかけると、李蘭もほとんど同時に口を開いた。

「劉さんは……」

僕は思わず笑ってしまった。この沈黙の中で二人がまったく同じ人のことを考えていたということが、僕にはなんとなく嬉《うれ》しかったからだ。僕は自分の言葉を呑《の》み込むと、李蘭に先を促すように訊ねた。

「劉さんは？」

「劉さんは……航平に会いたがっていた」

その言葉はふたたび僕の胸を鋭く刺した。東京に戻って、劉さんのことを思い出すことはあった。しかし、劉さんが僕にどんな感情を抱いているかなどということを想像したことはなかった。ましてや、僕に会いたがっているなどということは……。

「口には出さなかったけど、わたしにはわかった」

「そう……」

それだけ言うのがやっとだった。

「話したかったんだと思う、きっと。言葉が通じる、たったひとりの人だったから」

劉さんは、あのカソリックの墓地で僕と初めて言葉をかわしたとき、十数年ぶりに日本語を話すと言っていた。しかし、李蘭も中国人とは思えないほど上手な日本語を話す。

「劉さんには李蘭がいた」

僕がそう言うと、李蘭は首を振った。

「わたしは日本語でも福建語でも広東語でも話すことができた。だけど、劉さんが本当に話したかったことを話すことができなかった。それができるのは航平だけだった……」

確かに、劉さんが本当に話したかったことはひとつしかなかっただろう。バカラについて、バカラの必勝法について。あるいは、世界を手に入れるということについて、と言い換えてもいい。そして、それは、僕が本当に話したいことでもあった。だが、もう、それについて話すことのできる人はいなくなってしまった……。

その瞬間、劉さんの死の意味がはっきりとしたかたちで僕に迫ってきた。そうだ、僕には、もう本当に話したいことを話せる人がいなくなってしまったのだ。

いや、違う。僕にはまだ李蘭がいる。いるはずだ……。

「劉さんは苦しまなかったの？」

僕が訊ねると、李蘭はふっと表情を曇らせた。それを見て、劉さんの死がつらい死だったのかもしれないと思った。

李蘭は黙ったままだったが、しばらくしてほとんど抑揚のない口調で言った。

「わたしのお父さんも肺ガンだった」

李蘭の口から家族のことを聞くのは初めてのことだった。

「だから、劉さんの様子を見て、すぐ肺ガンだとわかった。お父さんと同じ煙草の匂《にお》いがして、同じ病気の匂いがした」

そうだったのか。劉さんに初めて会ったとき、李蘭は同じ匂いがすると言っていた。僕はそれを一緒に暮らしていた男と結びつけて理解していたが、そうではなかったのだ。

「お父さんも煙草が好きだった。劉さんと同じ。わかったときには手術を受けられなくなっていた。それに、病院で治療を受けるのをいやがった。無駄なお金を使いたくなかったの。そんなことに使うくらいなら、わたしを外国に行かせる資金にまわしたいと思っていた。だから、肺ガンによく効くと言われていた漢方薬を飲ませることもできなかった。効いたかどうかわからないけど、飲ませてあげたかった」

きっと、それが劉さんに飲ませていた漢方薬なのだろう。父親に飲ませられなかった薬を、せめて劉さんには飲ませたいと思ったのだ。

僕が黙って顔を見つめていると、李蘭が言葉をゆっくりと吐き出すようにして故郷の話をしはじめた。

李蘭は福建省の山間《やまあい》の村に住んでいたのだという。

父親は村の小学校の教師だった。母親は李蘭が七歳のときに病死したため、ずっと二人で暮らしてきた。豊かではないが貧しいというほどでもなかった。家事は近くに住む叔母が手伝ってくれたし、李蘭が小学校の高学年になってからは彼女がひとりでやるようになった。

李蘭の村には「標会」という互助システムがあった。説明を聞くと、どうやら日本の頼母子講《たのもしこう》というのと似たものらしい。自由な参加者が、決められた金額を、毎月出し合う。それをプールしておき、もし誰かが商売などで必要になると、それまでの自分の出資金の二倍を限度に借りることができる。利子は月一分で、最初の一年は元金の返済が猶予《ゆうよ》され、利子だけ払えばいいことになっている。銀行などから借りるということのない農村部における民間の融資機構のようなものだったのだろう。ただし、家の普請《ふしん》と子供の教育には金を貸さないという決まりになっていた。それは、その資金によって何も直接的に生み出すものがないからというのが理由だった。それともうひとつ、参加者が死亡した場合には、出資金がそっくり返還されるだけでなくその半分の額の金が無償で贈られることになっていた。つまり、それは、一種の生命保険でもあったのだ。

その標会の中心になって管理、差配する人を「標頭」というが、李蘭の村と近隣の村とが合同で作っている標会では、信頼の厚い教師だった李蘭の父親が引き受けていた。

その父親が李蘭の十七歳のときに肺ガンになった。一年苦しんで、死んだ。李蘭はその標会から返還、贈与された金によって、外国に行くことになった。死ぬ前の父親はアメリカに行かせたがったが、実際に標会から渡されたのは日本に行くのも難しい額だったのだという。そのため、死者の遺族は出資金の五割にあたる金額を目的を問わず無利子で借りられるという権利を使い、さらに親戚《しんせき》縁者からの借金でようやく日本に語学留学することができた……。

李蘭がそこまで話してくれたとき、部屋のチャイムが鳴らされた。ルームサービスの料理が運ばれてきたようだった。

ドアを開けると、ウェイターがルームサービス用のテーブルを運び入れた。白いクロスが掛けられたテーブルの上には、すでに料理の皿とグラスがセットされてある。料理の皿にかぶせてある金属製のクローシュを取り去るとき、ウェイターが李蘭の顔をチラッと見て、ほんの一瞬、微妙な表情を浮かべた。もしかしたら、李蘭を見知っていたのかも知れない。だが、李蘭はほとんど無表情にその視線を撥《は》ね返した。

僕たちはテーブルを挟んで坐った。李蘭はあまり料理に手をつけなかった。父親の死の前後のことを思い出しているうちに、食欲が失《う》せてしまったのかもしれない。しかし、グラスにワインを注ぐと、それは口に運んだ。

「お父さんを死なせたのは、わたし……」

李蘭がぽつりとつぶやいた。

「そんなことはない。医者の治療を受けたって、効くという漢方薬を飲ませたって、助からなかったかもしれない」

「そうじゃないの……」

李蘭の顔を見て、胸を衝《つ》かれた。薄く涙を浮かべていたからだ。

「あるとき、お父さんが言った。もう待つ必要はない。終わりにしよう。そして、おまえはここから出ていくんだって」

李蘭の父親は日に日に苦痛がひどくなっていた。食べ物もろくに食べられない。無理に口に入れても呑み込むことができない。あるいは、誤嚥《ごえん》によって七転八倒の苦しみを味わわなくてはならなくなる。夜になると熱が高くなり、激しい咳《せき》が出つづけるために眠ることができない。看護を続けていた李蘭はなんとかその苦痛を取り除いてあげたいと思った。それには、父親の言うとおり、自分が「終わり」にしなくてはならないのかもしれない。李蘭は覚悟を決め、父親の言葉に励まされ、泣きながら顔に枕《まくら》を押し当てた。

「この手で……」

李蘭は僕の方にふたつの手のひらを差し出した。

僕はそれを両手で掴むと、李蘭の手のひらを合わせるようにして包み込み、しばらくじっとそのまま持ちつづけた。

コーヒーを飲み終わると、僕は立ち上がり、ルームサービス用のテーブルを動かし、ドアの外に出した。

部屋の中に戻ると、また李蘭は窓辺に立っていた。僕は部屋の明かりを消し、李蘭に近寄り、うしろから抱き締めた。そして、手を離し、ワンピースの背中のファスナーを下ろした。肩からワンピースが滑り落ちると、ブラジャーをつけていない裸の背中が見えた。そこに斜めに走っている蛇のような疵がほのかな明るさの中でくっきりと浮き上がるように見えた。

僕はその疵にそっと唇をつけた。そして、ゆっくりと上から下までその疵に唇を這《は》わせた。

焼けるように熱くなっている。それは僕の唇の熱なのか李蘭の疵の熱なのかわからなかった……。

5

カーテンの隙間《すきま》から朝の光が洩れている。

李蘭はすでに起きていて、バスローブを着てソファーに坐っている。僕の方に顔を向けているのは、もしかしたら、僕の寝顔を眺めていたのかもしれない。

「やあ」

どんな言葉を掛けていいかわからなかったので、ずいぶん間の抜けた挨拶《あいさつ》をすると、李蘭は柔らかく微笑《ほほえ》みながら言った。

「よく寝てたわ」

「君は？」

「わたしもよく寝たわ。さっきまで、ぐっすり」

しかし、音に気がつかなかったが、李蘭はすでにシャワーを浴びているらしい。僕もシャワーを浴びることにした。

熱い湯を浴びてバスルームから出てくると、李蘭はワンピースに着替えていた。

「朝食は一緒に食べられる？」

僕が訊《き》くと、李蘭が明るい口調で言った。

「ええ、おなかが空《す》いたわ」

「どこに行こうか？」

僕はいつものように「福臨門酒家」に行くつもりで相談すると、李蘭が申し訳なさそうに言った。

「ここで食べてもいいかしら」

「もちろん」

「最後に、もう一度この景色を見ながら食べたいの」

その言葉を聞いて、あらためて李蘭がいなくなるのだということを強く思い知らされた。

ルームサービスで朝食を運んでもらい、二人とも窓の外を見ながら黙って食べた。

紅茶を飲み終わると、李蘭が言った。

「航平を連れていきたいところがあるの」

どこ、とは訊ねなかった。李蘭と少しでも長く一緒にいられるのなら、どこでもかまわなかった。


リスボアを出ると、朝の光がまぶしく感じられた。

その日がマカオには珍しい澄んだ好天だったということもあったのだろうが、朝の光の中を李蘭と二人で歩いているということが現実味のないことのように思える。李蘭とは、こんなに早い時間に外を歩いたことはなかった。

李蘭は葡京路《ポウギンロー》を渡り、水坑尾街《ソイハンメイガイ》への道を選んだ。

ひょっとしたら「マノス」に行くつもりなのだろうかとも思ったが、まだ十時にもなっていない。店は開いてないはずだった。

李蘭はほとんど何も喋《しゃべ》らず、やがて「マノス」のある美麗街を通り過ぎた。

水坑尾街から荷蘭園大馬路《ホウランユンダイマーロー》と名前を変える道を左に曲がって西墳馬路《サイファンマーロー》に入ったとき、もしかしたらカソリックの墓地に行くつもりではないのかと思った。

緩やかな上り坂になっている西墳馬路を、淡い翡翠色《ひすいいろ》に塗られた高い壁に沿って歩いていくと、「西洋墳場／セミテリオ・デ・サンミゲル」と書かれた門の前に出てくる。

李蘭はそこで立ち止まると、僕に向かって「ここよ」と言うように軽くうなずいた。

門の横にはいつもの老女がいて、僕たちが差しかかると相変わらずつまらなそうに碗《わん》を突き出してきた。李蘭はバッグから財布を取り出し、十二角形の五パタカのコインを置いた。触って、それが五十アボスや一パタカのコインではないことを知ると、老女は地面にこすりつけるほど深く頭を下げた。

李蘭は勝手をよく知った場所のように先に立って歩きながら言った。

「劉さんと初めて会ったのがここだったと聞いたけど」

「うん。でも、どうしてここを？」

「劉さんが連れてきてくれたの。まったくベッドから動けなくなる前にね」

ここも李蘭が祈りたいと言っていた場所のひとつに含めてもいいのかもしれない。そう思った劉さんが連れてきたのだろう。たぶん李蘭は、僕たち三人の共通の思い出の場所となっているこの墓地を、最後に二人で訪れてみたかったのだ、と僕は理解した。

しかし、そうではなかった。

李蘭は、僕を中央にある礼拝堂に連れて行くのかと思ったが、違っていた。天使やマリアの像が立つ墓のあいだをすり抜け、墓地の最も奥にある長く高い壁に向かった。その壁は、個々に墓を立てられない人のための共同の墓となっているようだった。五十センチ四方の石板に、名前と、生年月日と、死んだ日付が彫り込まれている。

李蘭はその片隅にある真新しい石板の前で立ち止まった。

そこには「劉剛」という名前が彫られていた。劉さんの墓はここに造られていたのだ。

劉さんが死んだことを聞かされても、墓のことまでは思いが及ばなかった。恐らく、李蘭がすべてのことをやってくれたのだろう。

「君がやってくれたんだね」

「林《リン》さんに頼んだの」

「林康龍《コウリュウ》という人に？」

「そう。劉さんはマカオでここがいちばん好きだったから、ここにお墓を造ってあげたいと思って。でも、わたしひとりの力ではどうにもできなかったので、お願いしたの」

「それはよかった」

僕はこの墓地の石のベンチに坐り、放心したように煙草を吸っていた劉さんの姿を思い浮かべた。確かに、ここにいるときだけは劉さんの心も平安だったかもしれない。たとえ墓の名がまったく架空のものだったとしても、ここは間違いなく劉さんの「場所」だった。林康龍はそこに劉さんを「劉剛」という名前の人間として葬《ほうむ》ることにしたのだろう。

「お金は大丈夫だった？」

ふと気になって僕は訊《たず》ねた。

「林さんがみんなやってくれたから」

「そうか……」

「それに、もし林さんがやってくれなくても、劉さんが遺《のこ》してくれたお金がたくさんあった」

劉さんが大勝した金は李蘭に託されていたのだ。

「劉さんが大勝したというのはいつだったの？」

「春節の直前だった」

一月の末だ。ということは、僕がマカオを離れてから一カ月半以上、最後に手渡した金で生活していたということになる。それでやっていけたのだろうか。もしかしたら、やはりイリーナにでも借りていたのだろうか。

「それまで、金はどうしていたの。あのとき渡した金ではとても足りなかっただろう？」

李蘭はしばらく黙ったままだったが、苦いものでも吐き出すような口調で言った。

「航平が日本に帰ってから、しばらくしてリスボアでまた仕事をするようになったの」

やはり、そうだったのか。しかし、劉さんはいやがらなかったのだろうか。効くかどうかわからない高価な漢方薬を買ったりする金のために李蘭が体を売ることなど、劉さんが望んだはずがない。

「劉さんは……」

「劉さんは何も言わなかった」

「でも、劉さんのためにあの仕事をやめたんだろう？」

僕が言うと、李蘭が思いがけず強い口調で否定した。

「違う」

「違う？」

「仕事をやめたのは劉さんのためじゃなかった」

李蘭はそこで黙り込んだ。僕も黙って李蘭の次の言葉を待った。しばらくすると、つらそうに口を開いた。

「航平のため」

その言葉は僕を驚かせた。確かに僕は李蘭が体を売って金を得ていることを苦痛に思っていた。しかし、そのことを口に出したことはないし、態度で表したこともないはずだ。

「僕は……」

言いかけると、李蘭がそれをさえぎるように言った。

「そうじゃなかった、わたしのため」

それには毅然《きぜん》とした激しさがあった。

「航平と知り合ってから、体を売るのが苦痛になってきた。それまでは、我慢できていたけど、男たちに腕や肩に触られるだけでも耐えられなくなってきた」

「…………」

「航平はやさしかった」

僕は李蘭の言葉を茫然と聞きながら、ほとんど無意識のうちにつぶやいていた。

「やさしい男には気をつける……」

「そう、やさしい男はいっぱいいた。銀座のお店でもたくさん見てきた。でも、その人たちのやさしさは、やさしいということを相手に見せるためのやさしさだった。航平のやさしさは違っていた。やさしさに理由も目的もない……なんだか水のように透きとおっているやさしさだった」

「………」

「航平と、ただあの部屋で黙ってソファーに坐っているだけで幸せだった。だから、もっと一緒にいたいと思うようになった。そんなことはできないとわかっているのに、自分が何を望んでいるのかわからなくなってきた。だから、できるだけ航平に会うのを避けるようにした」

不意にあの部屋に来なくなったのは、劉さんの看病のためでも、劉さんに心を奪われたからでもなかったのだ……。

「でも、会いたかった」

抑えられた感情が震える語尾にわずかにほとばしり出た。

「もっと早く知り合っていたらと思うこともあった。早く知り合っていたからといって、どうにもならないことはわかっていたけど」

李蘭の言葉が胸の奥に沁《し》み入ってくる。僕は無言のまま劉さんの墓の前に立ちつくした。

「劉さんは一度も仕事をやめろとは言わなかった。わたしには何も言わなかったけど、わたしがお金を稼がなくてはならないことがよくわかっていた。借金も残っていたし、これから何かをするためにも必要だということが」

劉さんは僕以上に李蘭のことを理解していた……。

「航平も薄々わかっていたかもしれないけど、わたしは逃げていた」

「君の背中に疵をつけた男から？」

「そう。酒乱の夫が、酒を飲んだあとだけじゃなくて、だんだんおかしくなってきた。自分は誰とかの生まれ変わりだから何をしても許されると言い出したり、急に落ち込んで自殺未遂をしたり、父親の会社の持ち株を訳のわからない宗教団体にすべて寄付しようとしたりする。あるとき、夫の父親に呼び出されて相談された。このままでは何を仕出《しで》かすかわからない。あいつをしばらく精神病院に入れておきたい。それには妻であるあんたの協力が必要だ。ぜひアルコール中毒の治療のために病院に入った方がいいと説得してくれないか。あいつが病院に入れば、あんたも自由になれる。少しまとまった金もやろう。わたしはお金より自由が欲しかった。自由になれば自由に稼ぐこともできる。夫を病院に入れて、夫の父親が用意してくれた部屋にひとりで引っ越した。そうなの。わたしはあの人を棄《す》てたの。生きたまま、古い井戸に生き埋めにするように、棄ててしまった。ところが、半年後、夫の父親から電話が掛かってきた。宗教団体の弁護士の力であいつが病院を出ることになってしまった。出たら、きっとおまえを見つけようとするだろう。念のために、そこから引っ越した方がいい」

そうか、そのときから李蘭の「逃げる」日々が始まったのだ。

「わたしは大阪に行くことにした。そこからさらに博多に移ったけど、まだ不安だった。見つけ出されたら何をされるかわからないという恐怖があった。わたしは思い切って日本を離れることにした。あの人はわたしがどれほど日本にいたがっているか知っていた。だから、わたしが中国に戻るなんて、思いもよらないだろうと思ったの。上海に渡り、香港に行き、そしてマカオに来た。そして、もっとも手っ取り早く借金を返せる方法を選んだ。体を売るのにためらったりしなかった。もともとわたしの手は汚れている。体が汚れるくらい何でもなかった。ただここの馬鹿《ばか》な男たちにほんの一分か二分だけわたしのゴードウを貸しているだけだと思うことができていた」

たぶん、ゴードウとは中国語で女性の性器を指し示す言葉なのだろう。

「でも、航平と一緒にいると、その一、二分が苦痛になってきた。どうしてこんなことをしなければいけないのか……」

李蘭がそのような思いを抱いているということに僕は気がつかなかった。鈍感なくらいに、まったく……。

「劉さんにはみんなわかっていたみたい」

「……」

「惚《ほ》れているなら、はっきり態度で表せって。でも、わたしにはその勇気がなかった。だから、仕事をやめて、航平に会うのもやめたの」

それを聞いて、李蘭に伴われて初めて劉さんの部屋を訪れたときのことが甦《よみがえ》ってきた。

部屋に入ると、ほとんど話らしい話をする前に李蘭は部屋から去っていった。これから仕事よ、と言い残して。そのとき、劉さんがきつい眼で李蘭を見た。僕は、その光景を見て、李蘭と劉さんとのあいだの関係の深まりを感じたのだったが、あれは僕に対するものだったのだ。いや、李蘭が李蘭自身に向けて、苛《いら》立《だ》つ心を何とかしようとして吐いた言葉だったのだ。それを耳にした劉さんは、李蘭のその混乱した行動を、たしなめるようなつもりで見ていたのだ。

「航平が日本に帰って、もうマカオには戻ってこないような気がした。だから、リスボアで客を取るようになった。そうするしか、もうお金を得る方法がなかったしね。でも、以前と同じようにはいかなかった。毎日が苦痛だった」

　僕が東京で浮わついた日々を送っているとき、李蘭は耐えがたい時間を過ごしていたのだ。

「マノスで四カ月ぶりに航平の声を聞いたとき、胸のつかえがすべて取れた」

「だったら……」

　僕が言いかけると、李蘭が切り捨てるような厳しい口調で言った。

「もう遅いの」

「帰ると決めたから？」

「そうじゃなくて……」

　そこで、李蘭はそれまでとは異なる、悲しげな響きの混《ま》ざった小さな声で言った。

「……もう遅いの」

　僕たちは黙ったまま、劉さんの墓の前に立ち尽くした。

「一九四〇年十月二十三日……」

　僕が無意識のうちに、墓のプレートの生年月日のところにある日付を口の中で読んでいると、李蘭が恥ずかしそうに言った。

「わからなかったから、お父さんと同じにしておいた」

「そうだったのか……」

しかし、次の瞬間、僕の脳裡《のうり》に閃《ひらめ》くものがあった。

昨夜、李蘭は自分の父親の話をしてくれた。李蘭は末期の肺ガンだった父親の言葉に励まされるようにして泣きながら顔に枕を押し当てたという。

もしかしたら、劉さんにも同じことをしたのではないか。

たぶん、李蘭は劉さんに父親とのことを告白していたに違いない。劉さんは、黙ったまま受け入れたことだろう。そして、自分の病が最終段階に入ったとわかったとき、李蘭に父親と同じことをするよう頼んだのだ。苦しみに耐えられなくなってというより、自分の最期《さいご》は自分で決めたいと思ったから。

李蘭は引き受けた。そして、枕を押し当てた。このとき、李蘭は涙を流さなかっただろう。劉さんが苦しがったりせず、じっと押し当てられたままにされていただろうからだ。

昨夜、李蘭が手が汚れていると言ったのは、父親のことだけでなく、劉さんのことも含まれていたのではないか。いま、ほんの少し前に、もう遅いと言っていたのは、そのことだったのではないか……。

　僕は劉さんの墓碑を前にして、何をどうしたらいいのかわからなかった。手を合わせるべきか、頭を垂れるべきなのか。

　だが、僕は何もしないまま、そこを離れて歩きはじめた李蘭のあとに付き従った。

　李蘭が向かったのは礼拝堂だった。

　その途中で、いつも劉さんが坐っていた石のベンチの前で僕が立ち止まると、李蘭もその気配を感じたのか足を止めて振り返った。

　僕は、その前の墓のかたわらに立っている天使の像を眺めていたのだ。劉さんが、この子にだけは挨拶をしていくのだと言いながら、煙草の吸い殻を花立ての中に投げ入れていたことを思い出したからだ。今日も、その美しい天使の頰には緑色の涙のような苔《こけ》がついている。

「劉さんも、その墓の前で長く足を止めていたわ」

　李蘭が言った。そして、あとは、誰にともなくつぶやいた。

「誰かに似ていたのかしら」

　そんなことは考えもしなかったが、劉さんにも日本で深い関わりのあった女性がまったくいなかったはずはない。そんな誰かと、この天使はどこか似ていたのかもしれない。

礼拝堂に入ると、すでに蒸し暑くなりかけていた外気と違い、ひんやりとした涼やかさに包まれた。

李蘭は、バッグから白いレースのベールを取り出し、頭にかぶり、祭壇の前にひざまずいた。僕は前から三列目の木製のベンチに坐り、李蘭の祈る姿をただ見守った。

ステンドグラスから明るい日差しが洩れてくる。その光を浴びながら、李蘭は何を祈っているのだろう。ペンニャ教会で初めて祈る姿を見たときには、ほとんど何もわかっていなかった。劉さんと三人でタイパ島に行ったとき、フランシスコ・ザビエル教会に寄りたいという李蘭に、僕が愚かな質問をしたことがあった。マカオにあるすべての教会でお祈りをしたいという李蘭に、どうしてと訊ねてしまったのだ。すると、劉さんが厳しい口調で僕をたしなめた。そんなことを訊くんじゃない、と。あのとき、もうすでに李蘭から父親のことを聞いていたのだろうか。それとも、ただ単に人としての振る舞いについて述べていただけなのだろうか……。

長い祈りが終わると、李蘭は僕が坐っているベンチのところに来て、隣に腰を下ろした。

しばらく、二人共、前に顔を向けたまま黙ってステンドグラスを眺めた。東方を旅する三人の博士や、幼いイエスを抱いた母のマリア、あるいは、最後の審判を下しているかのような神が描かれている。

「マカオの教会にはすべて行くことができた？」

僕が訊ねると、李蘭は前方に眼をやったまま答えた。

「劉さんが死んでから最後のひとつに行けたから」

「よかったね」

「ありがとう」

また二人でステンドグラスを眺めた。

ここに描かれた神や聖人たちの行いを見て、僕たちは何を感じたらいいのだろう。自分たちが犯した罪か、下されようとしている罰か、与えられるかもしれない赦《ゆる》しか。

ぼんやり思いを巡らせていると、李蘭がほんの少し詠嘆の響きの混ざった口調で言った。

「マカオも物騒になったわ」

「どういうこと？」

「もうすぐマカオもポルトガルから中国に返還されるでしょ」

それはもう一年半後に迫っている。去年の香港に続き、来年の末にマカオが返還されることになっている。

「マフィア同士の縄張り争いがますます激しくなってね。マカオのボスが香港のボスを殺して台湾に逃げたり、大騒ぎしている」

そして、李蘭は何かを思い出したらしく、くすりと笑いながら言った。

「中国の政府が、これ以上殺し合いをするなら、全員本土に連行して刑務所に入れるぞと脅《おど》かしたの。香港のマフィアも、マカオのマフィアも、中国の刑務所に入れられるのが何より恐ろしいので、少しおとなしくなったらしいけど」

そして、ぽつりと言った。

「あの人も死んだ」

「あの人？　誰？」

「航平を痛めつけた人」

「あいつが……」

「殺された」

フランシスコ・ザビエル教会からの帰りに、僕たちはタクシーごと海に落とされてしまった。どうにか岸に上がったあとで劉さんが連絡を取ると、林康龍という人が「手を打ったから心配しないように」と告げたという。それはこのことを意味していたのだろうか。

アイリーンはどうしたのかと訊ねそうになってやめた。すると、その迷いがわかったのか、李蘭が言った。

「あの女の子は……マカオにいるわ」

「アイリーンは無事だったんだ」

僕は安堵《あんど》の声を上げた。彼女の身に危険が及んでいるのではないかと気に懸《か》かっていたからだ。

「うん……」

しかし、その肯定には微妙なニュアンスがこもっていた。何か言おうとして、途中でやめたというような。

「どこにいる?」

「たぶん、しばらくいれば、カジノで会えるわ」

またバカラをやっているのだ。アイリーンの気性の激しい賭《か》け方が眼に浮かぶ。いまでもあのままなのだろうか……。

ふと、現実に戻って、李蘭に訊ねた。

「いつ出発するの」

「部屋の荷物を処分したら」

「どうしても？」

「どういう意味？」

「僕たちは、別れなければならないのかな」

「一緒に福州に行く？」

僕は答えに詰まった。

そして李蘭が言った。

「冗談よ。航平が福州に行っても仕方がないわ」

「航平はどうするの」

「マカオにいる」

「いつまで」

「もうしばらく」

「そう」

「君も、マカオに残らないか」

「そして？」

「僕と一緒にいる」

「一緒にいてどうなるの」

そう言われると、返す言葉がなかった。

李蘭がベンチから立ち上がりながら言った。

「さよなら」

さようなら、と僕も言おうとして、ここで別れたらすべて消えてしまうと思った。李蘭が欲しいと思った。李蘭の何かが欲しいと思った。そのとき、写真、という言葉が頭に浮かんだ。そうだ、写真だ。李蘭の写真が欲しいと思った。写真を撮りたいと思ったのではない。李蘭の写真が欲しいと思ったのだ。

「李蘭！」

歩きはじめた李蘭の背中に声を掛けた。

李蘭は立ち止まり、振り向いた。

「写真が欲しいんだ」

李蘭は意味がわからないというように微《かす》かに首をかしげた。

「君の写真が欲しい。写真を撮らせてくれないか」

すると李蘭は、僕が以前、疵のある体を撮りたいと口走ったことがあったのを思い出したのか、眉《まゆ》をひそめるようにして、今度は微かに首を振った。

「そうじゃないんだ。欲しいのは君のポートレートなんだ」

「ポートレート？」

李蘭がようやく声を出して言った。

「そう、君の肖像写真。もし、それがだめなら、君の持っている写真を一枚もらえないか」

「肖像写真……」

李蘭はつぶやき、僕の言うことを頭の中で整理し、吟味しているような顔つきになった。

そして、言った。

「写真は一枚も持ってない。もし私の写真を持っていてくれるつもりなら……撮って」

6

僕は李蘭と墓地を出るとセナド広場に向かった。近くにカメラ屋があり、日本製の使い捨てカメラが置いてあったのを覚えていたからだ。

十二枚撮りの使い捨てカメラを買い、どこで撮ろうかと考えた。

広場の噴水の前では観光客が記念写真を撮っている。だが、李蘭のポートレートを撮るのにふさわしい場所ではない。快晴の下の屋外ではすべてが平面的に写りすぎてしまう。もう少し光の陰影のあるところで撮りたい。ちょうど李蘭が泊まっている人民賓館《ひんかん》はそう遠くない。

「李蘭の部屋で撮らせてもらってもいいかな?」

李蘭は少し考えてから、いいわ、というようにうなずいた。

セナド広場から新馬路《サンマーロー》に出た。しばらく肩を並べて歩くと、火船頭街《フォシュンタウガイ》の手前の道の角にある人民賓館に着く。いや、着くはずだった。ところが、その場所に着くと、あるはずの人民賓館が消えていた。白いキャンバス地の布で目隠しされたその場所は、何もない更地《さらち》になっていたのだ。

「あっ」

僕が驚いて声を出すと、李蘭がそこを通り過ぎながら言った。

「建て替えるとかで、みんな追い出されてしまったの」

なるほど、それでだったのか、と僕にようやく理解できたことがあった。

李蘭は、僕に劉さんのノートを渡すため「マノス」で毎日ずっと待っていてくれたという。イリーナからそれを聞いたときも微妙な不思議さを覚えていたが、実際に「マノス」で李蘭と会い、ノートを手渡されて別れたあとにはもう少しはっきりとした奇妙さを覚えていた。僕は劉さんが住んでいるアパートも李蘭の泊まっているホテルも知っていた。たとえ、劉さんが死んでしまい、アパートが片付けられてしまっているとしても、李蘭の泊まっているホテルはわかっている。李蘭がリスボアでの回遊を止《や》めたとしても、僕がホテルを訪ねるのを待てばいいのではないか。どうして、来るかどうかわからない僕を「マノス」で待とうとしたのか。

しかし、泊まっていたホテルがなくなり、どこか別のホテルに行かなくてはならなくなっていたのだとすれば、確かに僕が李蘭を尋ね当てる方法はなくなってしまう。

李蘭は火船頭街に突き当たると、左に曲がって少し行ったところのホテルに入った。そこは、以前泊まっていた人民賓館に比べるといくらか新しく、小さいながらエレベーターがついている。

李蘭はそれに乗って六階で降り、「六一五」という部屋に入った。

部屋は狭かったが内部はきれいに整頓《せいとん》されている。鏡の前の小さなテーブルにもよけいなものは何も置いておらず、ただ隅にいくつかの衣装ケースと段ボールが積まれているだけだ。

僕は閉まっていたカーテンを開けさせてもらうと、窓から入ってくる光の量を確かめた。

そして、テーブルの前に一脚だけある椅子《いす》を窓辺に置いた。李蘭にそこに坐ってもらい、使い捨てのカメラを構えた。

紙とプラスチックでできた使い捨てのカメラは、びっくりするほど軽くて頼りなかったが、ファインダーを覗《のぞ》くと李蘭の上半身がくっきりと見えた。

窓の方に向けた顔には、前の建物のガラスに反射した陽光がレフ板のように柔らかく当たっている。

李蘭は空を見ている。

悲しいくらいに美しいな、と僕は思った。

この顔は、もしかしたら印画紙に定着しなくとも、いつまでも記憶しつづけられるかもしれない。僕は、フィルムにというより、心の奥に定着させるために、シャッターを切った。

第十四章　仮面

劉さんが死に、李蘭もいなくなった。もうマカオにとどまる理由はなかったのかもしれない。しかし、僕の手元には李蘭が渡してくれた劉さんのノートが残されていた。そして、その中にたった一行だけ記されていた言葉の意味を知りたいという強い思いがあった。

1

波の音が消えるまで

それは、たぶん、バカラの必勝法へといざなってくれる導きの糸になるはずの言葉だった。

しかし、その一方で、それが本当に必勝法につながる言葉であるのかどうか、一抹《いちまつ》の疑念がないわけではなかった。もしそれがバカラの必勝法につながる言葉であり、劉さんが必勝法を手に入れたとすれば、劉さんが望んでいたとおり「世界」が手に入ったはずだ。それなのに、「もういい」と李蘭に言い、自分の命を放棄するかのようになぜ死んでいったのか、その理由がわからなくなる。

僕は李蘭と別れた日も、その次の日も、さらにその次の日もバカラの台に坐《すわ》り、「庄」や「閒」に賭《か》け、勝ったり負けたりしながら、頭の片隅で常に考えつづけていた。波の音が消えるとはどういうことなのかと。

その日の午後、僕が坐ったバカラの台には少し離れた席に中国人の若いカップルがいた。女性はバカラが初めてらしく、男性の小声の説明を聞きながら、ときどき指示を受けては賭けている。当たると嬉《うれ》しそうに男性に笑いかけ、はずれても楽しそうに微笑《ほほえ》んでいる。

二人の仲のよさそうな振る舞いは、僕の気持にほのぼのとしたものをもたらしてくれた。だから、あまりにも男性の指示が極端なものだったりすると、こうした方がいいのではないかと助言したくなったりもした。だが、もちろん、そんなことをするには席が離れすぎていたし、かりにすぐ隣に坐っていても、そんなお節介《せっかい》なことはしなかったろう。

しばらくその二人の様子を見ているうちに、不意に頭の中で閃《ひらめ》くものがあった。

〈そうだ、李蘭だ！〉

僕はいままで、とても大事なことを見逃してしまっていたことに気がついた。思い出してみれば、僕が日本に帰る少し前から、劉さんはバカラの台に李蘭を同席させていた。リスボアの廊下を回遊している娼婦《しょうふ》はカジノに入らないという不文律を破り、隣に坐らせ、賭けさせてもいた。そのときの李蘭は、客を取らず、仕事をやめていたから、カジノで博打《ばくち》をさせてもいいと判断したのだろう。

それを僕は、自分の体が不安なために、いわば介助という役割を与えているものと思っていた。しかし、本当のところは、倒れたりしたときのために隣にいさせたというのではなかったのではないか。少なくとも、劉さんはそういうことを好まない人のはずだ。

李蘭の賭け方を見ていたことがあるが、ほぼ劉さんと同じ賭け方をしていた。だが、あの中国人のカップルのように劉さんから指示を受けて賭けてはいなかった。かといって、劉さんが賭けるのを見て、それからおもむろに賭けるというのでもなかった。李蘭が先に賭けることも少なくなかった。それでも常に劉さんと同じ目に賭けることになっていた。

それはカジノに来る前に劉さんが賭け方を教えていたからではないのか。バカラの賭け方を教え、理解させ、考えさせ、自分で賭ける根拠を見つけさせる。なぜなら、李蘭にも理解できる方法でなければ、つまり李蘭も同じように賭けられなければ、真の必勝法ではないからだ。

この十年余りで考え出すことのできた賭け方を、ひとつひとつ試しては李蘭にもやらせていた。そして、ひとつひとつ消していった。これではない、これではない、と。だとすれば、最後に大勝したというときにも李蘭は横にいたはずだ。そのときには、すでに金が乏しかっただろうから、李蘭も一緒に賭けるということはなかったかもしれない。だが、少なくとも、リスボアのカジノに同行していた可能性は高い。しかも李蘭は、あのアイリーンがふたたびバカラの台にいることを知っていた。それは李蘭もリスボアのカジノに出入りしていたということを物語っている。たぶん李蘭は、劉さんが「波の音が消えるまで」がバカラの必勝法につながるということを理解したときの賭け方を見ている。

〈必勝法の鍵《かぎ》は、李蘭が握っていたのだ！〉

僕はその席から立ち上がると、台の上に置いてあるチップを摑《つか》んで、カジノの出口に向かった。

リスボアを出ると、僕は新馬路を走るように歩き、李蘭が泊まっているはずのホテルに急いだ。最後に劉さんがどのような戦い方をしたのか李蘭に教えてもらおうとしたのだ。

間に合うだろうか。あれから三日が経《た》つ。李蘭は二、三日後には福州に発《た》つと言っていた。もうホテルを引き払ってしまったかもしれない。気は急《せ》いていたが、タクシーを使わず歩きつづけた。昼間の新馬路はバスや車で大混雑しており、むしろ歩いた方が早そうだったからだ。

火船頭街を左に曲がると、三日前に李蘭が連れていってくれたホテルのロビーに駆け込んだ。エレベーターで六階に上がり、「六一五」の部屋をノックした。

耳を澄ませたが、中からは何も反応がない。やはり、福州に帰ってしまったのだろうか。

しばらくして、もう一度強く叩《たた》くと、中から中国語が聞こえてきた。

「＊＊＊?」

それを聞いてホッとした。李蘭の声だったからだ。

誰、と訊《き》いているのだろう。

「僕だけど」

日本語で答えると、ドアが開いた。

部屋の中はすっかり片付き、ベッドの上に小さなバッグが置いてあるだけだった。

「間に合った！」

僕が息を弾ませながら言うと、李蘭は黙ったまま少し眉《まゆ》をひそめるような表情を浮かべた。

「もういなくなってしまったかと思った」

「いま、出るところ」

「よかった」

僕が笑いかけても、李蘭は表情を変えようとしない。

「何の用？」

李蘭が硬い声で言った。

「教えてほしいことがあるんだ」

李蘭は口を閉じたまま僕の次の言葉を待った。

「あの日、李蘭も隣にいた？」

「あの日？」

「劉さんがバカラで大勝ちした日」

「もちろん、いたわ」

「劉さんは、勝ちつづけた」

「勝ちつづけた」

「それはひとつのシリーズ？　それともずっと？」

「カードが混ぜ合わされて、黒い箱に入れられ、賭けが始まって、終わるまで」

「そのシリーズのあいだずっと？」

「違う。途中の十五、六回だけ」

「でも、そのあいだ、ずっと勝ちつづけたの？」

「ずっと勝ちつづけた。一度も負けなかった」

「一度も負けなかった」

「負けなかった」

それはほとんど奇跡に近い。劉さんに何が起こったのだろう。

「ツラ目とモドリ目というのはわかる？」

「劉さんに教えてもらった」

「一度も負けなかったのは、十五、六回もツラ目が続いたからなんだね」

「違うわ」

「それなら、規則的なモドリ目が続いたんだ。庄、間、庄、間、庄、間というように」

「そうじゃなかった」

「ツラ目とモドリ目が不規則に出ていた？」

「何回か庄が出ると間になって、また庄になると今度は間が何回か続くというような感じだった」

僕は激しい驚きに打たれていた。そのような出目《でめ》で十五、六回も勝ちつづけることは絶対に不可能だ。

「それで一度も負けないで勝ちつづけたと言うんだね」

「そう」

「どういう賭け方をしていた？」

「わからない」

「わからない？」

「それまでは、賭け方の説明をしてくれていたからわかっていた。でも、そのときはどうして庄に賭けるのか間に賭けるのかまったくわからなかった」

「わからなかった……」

「不思議だった」

「不思議だった……」

「急に賭け方が変わったの」

「君にも理解できない賭け方だった」

「だから、まわりの人にわからないように、どうしてこんなに勝てるのと訊くと、劉さんは、波だ、と言ったわ」

「波だ……」

「そう」

ツラ目の嵐《あらし》でもなく、規則的なモドリ目が続いたわけでもない。中国人の好きな絵柄、パターンが連続したわけでもなさそうだ。それでも勝ちつづけることができた。なるほど、それは波が来たとしか言えないものだったのかもしれない。

「そうか、波が来たって言ったんだね」

僕がうなずきながら言うと、李蘭が強く首を振った。

「違う。波が来た、というような言い方じゃなかった」

「波が来たんじゃない？」

「そうじゃなくて、波だ、と言ったあとで、劉さんはこう付け加えたの。波には波の音が聞こえないって」

「波には波の音が聞こえない……どういう意味だろう」

「わからない。劉さんもそれ以上は説明してくれなかった」

「その勝ちつづけていた十五、六回のあと、最後は負けて終わったんだね」

「勝っていたのに、急にやめてしまったの」

「どうして?」

「どうしてってわたしも訊いた。すると、劉さんはこう言った。波の音が聞こえるようになってしまったからって」

「波の音が聞こえるようになってしまった……」

「そう。わたしにはまったく意味がわからなかったけど」

波には波の音が聞こえない

波の音が聞こえるようになってしまった

劉さんが李蘭に言ったというこの二つの言葉と、僕に残してくれたノートの中に記されていた言葉との間にはどういう関係があるのだろう。

どこかで深く関わっているということはわかる。しかし、肝心の波の音という言葉の意味がわからない……。

それにしても、劉さんはそのとき、どのくらい勝ったのだろう。訊《たず》ねると、李蘭が言った。

「九十七万ドル」

それは日本円にして一千五百万円にもなろうという額だ。

「ほんと？」

つい、疑わしそうな声を出してしまった。

「間違いないわ。だって、キャッシャーでチップをお金に換えたのはわたしだったんだから」

「そうか……」

「でも、劉さんは、いくら勝ったか少しも関心を示さなかった。お金だけじゃない。それからは、もういいんだって漢方薬を飲んでくれなくなっただけじゃなくて、生きることに興味を失ってしまったみたいだった」

「………」

「死ぬ前に、この金はおまえが自由に使うんだって。中国に帰って、何か商売をしろとも言っていた。おまえなら、どんな商売をやってもうまくいくはずだからって」

「………」

「わたしが心の中で航平をまだ待っていると気がついた劉さんは、ノートを買ってこさせた。そして、そこに何か書き込むと、もしあいつが戻ってきたら、これを渡してくれと頼んだ。もう戻ってこない方がいいんだが、と言いながらね」

必勝法に至る道の何かを摑んだ劉さんが、どうして生きることに関心を失ってしまったのだろう……。

僕が自分の思いの中に深く入って考えていると、李蘭がまた硬い声で言った。

「出ていってくれる」

言われていることの意味がうまく呑《の》み込めず、李蘭の顔を見た。

「もう、チェックアウトしなくてはならないから。これ以上遅くなると、もう一日分払わなくてはならなくなるの」

そう言われれば、チェックアウトの準備はすっかり整っていた。あとはバッグを持ち、部屋を出て行けばいいだけになっている。李蘭は出ていく寸前だったのだ。よく間に合った。答えは手に入らなかったが、会えただけでよかった。

「フェリーの乗り場まで送るよ」

僕が言うと、李蘭はふっと声を和らげて言った。

「心配しないで。国境を越えて、珠海《ジューホイ》から鉄道で行くことにしているから」

僕はなんとなく、マカオから水中翼船に乗り、香港を経由して福建省に行くのかと思っていた。しかし、考えてみれば、このすぐ先にマカオと中国本土との国境があり、簡単に陸路で福建省に行くことができるのだ。

「わかった」

僕が手を差し伸べると、李蘭もその手を軽く握って言った。

「さようなら」

それは墓地の礼拝所で投げかけられたものとは違い、永遠の別れの言葉のように聞こえた。

2

劉さんが死に、李蘭と別れたことで、僕にとってマカオはバカラだけの街になってしまった。日本から持ってきた百二十万という金もバカラにつぎ込むしか使い道がなくなってしまったのだ。

しかし、二人が生活するための金について考えなくて済むようになったということは、バカラにおいて「しのぐ」ことを優先する必要がなくなったことを意味してもいた。いまや僕のすべきことは、劉さんが残したあの言葉の意味を確かめるだけになった。それは、たぶん、劉さんが辿《たど》り着いたバカラの必勝法を明らかにする道になるはずのものだった。いまはまだ蜃気楼《しんきろう》のようなものにすぎない必勝法というものの。

チェックアウトをする直前の李蘭と、訪ねたホテルの部屋で別れてから三日目の夜のことだった。

バカラの台で気になる客に遭遇した。それは僕が席に坐る前からその台で勝負に参加している男性の客だった。銀縁というのだろうか金属製の細いフレームの眼鏡を掛けている。そのフレームと同じようにシャープな体つきをしており、無駄な肉がほとんどついていない。年齢は僕よりいくらか上の三十代半ばと見えた。黒のスーツに白いワイシャツを着ている。ネクタイはしておらず、襟のボタンを上から二つはずしている。多くの客がカジュアルな服を着ている中で、そのスーツ姿は妙に目立った。

彼に眼を引かれたのは、しかしその風体《ふうてい》ではなく、バカラの強さだった。いや、強いというのは正確ではない。奇妙な言い方になるが、弱くないのだ。派手に勝つわけではないが、着実にチップを増やしていく。その賭け方が、長距離ランナーが着実に歩を刻むように正確なリズムを持っている。

その銀縁眼鏡の男が、賭け方の基本をモドリ目に置いていることはすぐにわかった。

僕はツラ目に基本を置いている。不規則なモドリ目を適当にやり過ごし、長いツラ目になったとき勝とうとする。だが、彼の賭け方は正反対だった。常に出た目の逆、逆と賭けていく。「庄」が出れば、次は「閒」に張る。「閒」が出れば、次は必ず「庄」に賭ける。つまり、その銀縁眼鏡の男は、次の目が逆になる、モドリ目になるというところを賭けの基本においているということになるのだ。

わからなかったのは、「見《けん》」が異様に多いことと、通常は千ドルずつ賭けているチップの単位が、局面によってさまざまに変化することだった。単位の上げ下げには何か一貫したルールがあるようだったが、はっきりとはわからなかった。

だが、しばらく注意深く見ているうちに、それが一種のマーチンゲール方式の変形であることが読み取れてきた。

マーチンゲール方式は、一で負けたら二を賭け、それで負けたら四を賭け、さらに勝つまで八、十六と倍々に賭け上げていくというものである。そうすれば、いつかは勝ち、負けのすべてを取り戻せる。しかし、この賭け方の問題は、負けつづけていくと、賭け金がすぐに天文学的な数になってしまうという点にあった。一から始めた賭け金が、十回負けつづけると、十一回目には千二十四にまでなってしまう。しかも、それで勝っても、わずか一しか儲《もう》けはないのだ。負ければ、それまでのものも含めて二千四十七を失うことになる。

しかし、銀縁眼鏡の男は、負けると倍々にしていくというマーチンゲール方式にのっとって賭けているわけではなかった。彼の場合、負けつづけるというのはツラ目が出つづけるということになるが、そのときも、一、二、四、八、十六ではなく、一、二、三、四、五と賭けていたのだ。そして、五で負けると、そこで「見」に入る。ツラ目が途切れ、ふたたびモドリ目になると、賭けに参入してくる。

それを淡々と続けている。そして、気がつくと、台の上にはチップの山が少しずつ大きくなっているのだ。

僕はツラ目を追って賭けている。ところが、銀縁眼鏡の男はモドリ目を追って賭けているのだ。当然のことながら、二人でぶつかり合うという局面が何回か続いた。

庄庄

閒

庄

閒閒閒

庄

閒

庄庄庄

閒

庄

閒

庄

このとき、ひとつひとつの勝負において銀縁眼鏡の男の賭けるチップの単位はこうなっていた。

①1
②
①
①12
③
①
①12
③
①
①
①

ツラ目、つまり目が連続しているところでは負けているが、モドリ目、目が変わったところはすべて勝っていることになるので、それを○で囲むと差し引き九単位ほど勝ち越しているのがわかる。

一方、僕はこう賭けていた。

1	1	1	1	1	1	1	1	1	1	1
				②			①			①
				①			①			

僕は目が変わったところ、モドリ目のところで負け、目が続いたところ、ツラ目のところで勝っている。「庄」にツラ目が出かかったとき、その二番目の勝負のところで賭ける単位を五百ドルから二倍の千ドルに上げていたこともあってほんの少し挽回《ばんかい》

していたが、それでもトータルすると五単位の負け越しだった。

　そして、この次の勝負で、銀縁眼鏡の男は当然のことながらモドリ目である「閒」に千ドルを賭け、客の多くも「閒」に賭けた。中国人の客には、「閒」と「庄」が交互に規則的に現れるという「絵柄」が見えかかっていたからだ。

閒
庄
閒
庄

　しかし、僕は「庄」に五百ドル賭けた。一瞬、「見」をしようかとも思ったが、銀縁眼鏡の男に対抗するような気持で「庄」に賭けてしまった。劉さんに、かつて「致命的な欠陥」と嗤《わら》われたことのある癖が依然として抜けていなかったのだ。もっとも、「庄」に賭けた理由はそれだけではなかった。このモドリ目がさほど長続きのするモドリ目だと思えなかったということもあった。

　カードが配られ、オープンされると、互いに三枚目まで配られたあとで、閒六・庄八で僕の予想どおり「庄」の勝ちとなった。

すると、次の勝負では、銀縁眼鏡の男の「閒」への賭け金が二倍の二千ドルになった。僕も賭け金の単位を二倍に上げて千ドルを「庄」に賭けた。そして、それも「庄」の勝ちとなると、次の勝負で銀縁眼鏡の男は「閒」に三千ドル賭けた。僕はさらに倍の二千ドルを「庄」に賭けた。

結果は、閒一・庄四で「庄」の勝ち。

次の勝負で、眼鏡の男は淡々と「閒」に四千ドル賭け、僕は単位を一気に落とし、また五百ドルに戻して「庄」に賭けた。

そのとき、銀縁眼鏡の男はチラッと僕の方に視線を向けた。その表情にはどのような感情もこもっていなかったように見えたが、僕を意識したのは確かなようだった。

カードがオープンされると、閒九・庄〇で「閒」の勝ち。僕の五百ドルはディーラーの手によって没収された。

目の流れは、最後にこうなったことになる。

庄 庄 庄 庄

閒

銀縁眼鏡の男の賭け金の単位はこう推移した。

①123

④

最初の一単位の勝ちはすでに算入してあるので除外すると、その後の四回の勝負で差し引き二単位の負け越しとなるが、それ以前の勝ちと相殺《そうさい》すると七単位の勝ち越しになる。

一方、僕の賭け方ではこうなっている。

1①②④

1

同じように最初の一単位の負けを除外すると、六単位の勝ち越しになる。この勝ちを先の五単位の負けと相殺するとトータルで一単位の勝ち越しだ。しかし、この一単位は、ほとんどコミッションに充当されるべきもので、それを考えると勝ち負けゼロだったということになる。

僕は、銀縁眼鏡の男の、地味ながら、実は鮮やかな勝ちっぷりに眼を見張らされた。淡々と賭け、チップを着々と増やしていく。

もしかしたら、彼こそ必勝法を体得している人物なのかもしれない。

僕はしだいに緊張して彼の賭け方を見るようになった。

それを彼も感じているらしく、僕の方に視線を向ける回数が増えてきた。

3

その翌日、いつものように朝昼兼用の食事をとるため、「福臨門酒家」に向かうつもりでリスボア内の廊下を歩いていると、コーヒーショップの中に前日の銀縁眼鏡の男を見かけた。そこでイリーナと親しげに話をしていたのだ。

僕に気がついたイリーナが笑顔を向けてきたので、片手を上げて軽く応じた。すると、銀縁眼鏡の男が僕の方に視線を向けたまま、イリーナに何か話しはじめた。もしかしたら、昨日の勝負のことでも喋《しゃべ》っているのかなと思った。

食事を終え、リスボアに戻り、バカラの台に坐った。

バカラをしていると時間の流れが速い。ただ「庄」か「閒」かを判断するだけの繰り返しなのに、気がつくと昼過ぎだった時間が瞬《また》く間に夕方になっている。

ひとつのシリーズが終わり、負けが込んでいた左隣の客が立ち上がり、空いた席に別の客が坐った。何時だろう。腕時計を見るとき隣の客の顔が眼に入った。あの銀縁眼鏡の男だった。

新しく始まったシリーズは、ツラ目のよく出る流れで、僕の前にチップの山が築かれるようになった。

しかし、銀縁眼鏡の男も「見」の回数を増やすことで、負けの疵《きず》を最小のものにすることができていた。

後半で、ツラ目が途切れ、みんなが一息つこうとしたとき、僕はさらに単位を上げて、新たなツラ目を模索しようと、千ドルのチップを二枚重ねて賭けようとした。

すると、声がした。

「もう充分でしょう」

聞こえてきたのは日本語だった。しかも、僕の隣に坐っている銀縁眼鏡の男が喋っているではないか。

僕が驚いて銀縁眼鏡の男の顔を見つめていると、笑いながらさらに言った。

「一息入れたらどうです」

銀縁眼鏡の男は日本人らしい。僕は最初の驚きが去ると、よけいなことを言われた憤《いきどお》りが込み上げてきて、突っ掛かるように言った。

「やめてどうするんです」

「席を立つ」

「席を立ってどうするんです」

「勝ちを確定する」

「確定してどうするんです」

「金にして部屋に持って帰る」

「持って帰ってどうするんです」

「楽しむんです」

「何を」

「何でも」

「バカラより面白いことが他にありますか？」

すると、銀縁眼鏡の男がまた小さく笑いながら言った。

「ありません」

僕たちが日本語で話しているのを見て、ディーラーが迷惑そうな顔をしている。

「立ちましょうか」

銀縁眼鏡の男が言った。僕はその勢いにつられてなんとなくうなずいていた。

「ええ」

二人で席を立った。ホテル側の出口に向かって先に立って歩きながら、銀縁眼鏡の男が言った。

「よかったら夕飯でも食べませんか」

時計を見ると、もう八時を過ぎている。急に空腹を覚えてきた。

「いいですね」

「おごらせてもらいます。私はこのホテルの中だったら、どこでいくら食べても金はいっさいかからないことになっているんです」

ホテル内にある高級そうな広東料理の店に入ると、チャイナドレスを着た美しい女性が席に案内してくれた。運ばれてきたメニューを開きながら銀縁眼鏡の男が訊ねてきた。

「酒を飲みますか」

「いえ」

「酒は嫌いですか」

「バカラをしているときは飲まないことにしています」

「同じですね。私も終わったあとでないと飲みません。では、ジャスミンティーでももらうことにしましょう」

　銀縁眼鏡の男はそう言うと、慣れた口調でウェイターに五品ほど料理を注文した。鶏と海老《えび》と鮑《あわび》と豆腐の料理とスープという実にバランスのいい選び方だった。すぐに運ばれてきた茶を飲みながら、銀縁眼鏡の男が言った。

「強いですね」

「あなたほどでは」

　それは謙遜《けんそん》ではなく僕の本心だった。

「いや、私の賭け方はつまらない。勝ちを拾っているだけです。石を運んで積み上げていくような、ね。でも、ここに来た以上、負けたくない。そうするとコツコツやるしかないんです。本当はあなたのように賭けてみたい。あなたの賭け方のタクティクスはほぼわかる。でも、賭け方の最後のところになるとわからなくなる。そこはきっと勘でやっているのでしょう。それはそれで魅力的だ。しかし、私のは単なる肉体労働にすぎません」

「マカオにはよく来るんですか」

「ここ何年か、三カ月に一度、一週間くらい滞在しています」

「去年は半年ほどマカオにいましたが、お見かけしませんでした」

「そうらしいですね、イリーナに聞きました。私はずっと二楼が専門だったんです。今年に入って禁煙したら、二楼でやるのがつらくなりましてね。それで一楼に移ってきたんです」

彼が泊まっているのはホテルの特別室だという。知り合いになったハイローラー、高額賭金客専門のマネージャーにチップとして一日につき千ドル渡すことで、スイートに泊まらせてもらっているのだという。特別室の客はホテル内のレストランで自由に食事ができることになっているため、それが、結局、最も安上がりなのだともいう。

「私は関西で小さな企業を経営しています」

それを聞いてもあまり意外に思わなかった。

「社長さん、ということですね」

「親から受け継いだだけで、人様に誇れるようなことじゃありません」

いくらか自嘲《じちょう》的な響きが感じられるもの言いだった。

「私には誇れるところがないんですが、うちの会社には金属加工に関して日本で唯一《ゆいいつ》の技術がありましてね。日本で唯一ということは世界で唯一ということと同じなんですが、そのおかげで、経営に苦労することはないんです。二十年後はわかりませんが、ここしばらくはその技術だけで充分食っていかれる。しかし、小さい会社にはそれなりの苦労はありましてね。私はほとんど土曜も日曜もなく働いているんですよ。だから、三カ月に一週間だけ休みをもらってここに来る。ここに来てバカラをやっているときだけが生きていると実感できる時間でね」

ここにもひとりバカラに淫《いん》してしまった人がいるらしい。

「小さいときからすべてを与えられ、すべてが親の代からのものに囲まれてきました。何をやっても自分のものじゃない。何を手に入れても自分の力じゃない。そういう人生を生きてきました。しかし、バカラは違う。これだけは自分の手で、自分の力だけで勝ちを手に入れられる。それなのに、実際に勝負を始めると、仕事と同じように、少しでも利を乗せたいと思ってしまう。あなたの賭け方が羨《うらや》ましい。私は日本に帰ればまたつまらない仕事が待っている。だから、ここでは面白い賭《か》け方をすればいいんです。でも、私は負けたくない」

「あの賭け方はマーチンゲールの変種ですね」

「わかりましたか」

「実際にあのような賭け方をしている人を初めて見ました」

「ええ、マーチンゲール。あれは勝つためのものではなく、負けないための方法なんです。賭けているあいだは負けが確定しない。大事なのはどこで負けを確定させるかということです。どこまで負けを許容するか。リスクコントロールをきちんとすればマーチンゲールは極めて有効な方法です」

驚くほど論理的な語り口だった。

「ビッグ・バカラはひとつのシューで約八十回の勝負が行われます。タイが平均十回前後出るとすると、庄と閒が出て勝負の決着がつくのが七十回ということになる。つまりワン・シューではごく普通の賭け方をしていれば三十五回勝てるんです。でも、三十五回は負けてしまう。そして、コミッションの分だけ失うことになる。もしマーチンゲールですべての負けを棚上げすることができれば、三十五回の勝ちだけになる。ワン・シューで三十五単位の勝ち。ということは、三十五単位までならマーチンゲールで賭け増すことができるということです。最初に一を賭ける。負けたら二を賭ける。それにも負けたら四を賭ける。それでも負けたら八を賭ける。次は十六。もしそれにも負けると、全部で三十一単位失ったことになります。でも、前に三十五単位勝っていれば、あるいはそのあとで勝つ可能性があるのなら、そこまでは賭け増すことができるんです。しかし、十六単位を賭けて負けたときは、そこで終わりにします。三十二単位まで賭け増すと、負けたときに六十三単位失うことになるからです。それはシューの二個分の勝ちを失うということを意味します。だから私は五回以上は賭け増さないんです」

「しかし、あなたは、もっと堅実ですよね」

「それもわかっている？」

「一、二、四、八、十六……ではなく、一、二、三、四、五……と賭けていく。しかも、五までいくことはほとんどなく、四のところで見《けん》を始めることが多い」

「よくおわかりですね。マーチンゲールでは果てしなく負けを棚上げしていくのですが、私はあるところで小さく負けを確定します。一回負けると二回目は倍の二単位賭ける。それに勝てば前回の負けを取り戻してさらに一単位勝ったことになる。しかし、二回目にも負けると、次の三回目に賭けるのは四単位ではなく三単位です。これに勝つと一回目の一単位と二回目の二単位の負けを取り戻して勝ち負けなしになります。もし、そこでも負けて四回目に入ると、賭ける単位を四にします。たとえこれに勝っても、配当は四だけですから、一回目から三回目までに失った六単位には二単位足りないことになります。つまり、四回目で二単位の負けを引き入れるわけです。この四回目も連続して負けると、次は五単位です。すでに十単位負けていますから、勝ってもその配当でカバーできるのは五単位にすぎません。つまり、ここで五単位分の負けを確定しているわけです。もし負ければ、トータルで十五単位の負けです」

もしこういう目が出たとする。

間
庄
間間間間間

彼の賭け方だと、モドリ目のあいだは勝てるが、ツラ目になると負ける。

勝
勝
勝負負負負負

勝っているあいだは常に一単位だが、最初に負けた次の勝負から単位をひとつずつ上げていく。

①
①
①　1　2　3　4　5

ツラ目が六回続くと、合計で十五単位失うことになる。だが、彼は多くの場合、ツラ目が五回続いたところで「見」に入る。負けを十単位で確定させるのだ。

しかし、ツラ目が六回以上続くのは、ひとつのシリーズで一度あるかどうかというところであり、五回まででも二、三度というところである。シリーズによっては、一度も出ないということも少なくない。

「十五単位失うことは滅多にない」

僕が言うと、彼もうなずいて言った。

「おっしゃるとおり、そこまで行くのはひとつのシリーズでも一度あるかどうかです。行ったときには勝たなくてはならない。行くかどうか、それはその場の状況と、これまでの経験によって判断しています」

「途中で勝てば賭ける単位を一単位に戻してモドリ目を追いつづける」

「そうです。私にとって最も重要なのは、そのシューがツラ目の嵐を抱えていないかどうかを判断するということです。それさえ間違えなければ、大きく負けることはない」

「ツラ目の嵐に襲われたら徹底的に見をする」

「そのとおりです。そして、それがモドリ目のシューだと判断すると、モドリ目を徹底的に追う」

「なるほど」

負けると一単位ずつ増やして賭けていくというやり方は、特にダランベール方式と言ったりするが、勝った次の勝負で一気に元の一単位に戻るところからすると、やはりマーチンゲールの変種と捉《とら》えたほうがよさそうだ。

僕がぼんやり考えていると、彼が冷やかすというのではなく、ただ事実を述べているだけという淡々とした口調で言った。

「あなたは私とは反対に徹底的にツラ目を追っている。ツラ目を追う人はロマンティシズムに生きている人です」

そうかもしれないと僕も思った。

たぶん、目は変わるものだと考える方が正しいのだろう。丁半博打《ちょうはんばくち》に近いバカラでは、目が変わることが常態であり、同じ目が出つづけるということは、むしろ異常なことなのかもしれない。

だとすると、目が変わるというところに賭けの軸足を置くのはバカラにおけるリアリズムであり、その人はリアリストということになる。他方、僕のように長いツラ目を期待するのはロマンティストと揶揄《やゆ》されても仕方がないのかもしれない。

「あなたはリアリストというわけですね」

僕が言うと、彼は苦笑しながら言った。

「さあ、バカラに関心のない人にとっては、どちらも儚《はかな》い夢を追っているように見えるでしょうけどね」

「でも、負けない」

「ええ、ほぼ勝ちつづけています」

「ということは、バカラの必勝法を知っているということになる」

「いや、それは違います。見のタイミングも、最後のところでは、私の長年の経験と勘に従います。つまり経験則にしたがってリスクコントロールをしているんです。そこは、あなたがさっき大きく勝ったときの賭け金の増やし方と同じく、うまく説明できないところがあるんです。私がＶＩＰルームの台ではやらないのは、賭け手が少ないところでは勝てないからです。あそこでは常に賭けていなくてはならない。というか、見がしにくくできている。自由に見ができなければ客に勝ち目はない」

「あなたは平然と見をしつづける」

「私がこの銀縁眼鏡を掛けているのはなぜだかわかりますか」

そう言われて、彼の眼鏡を見た。別に眼鏡に変わったところはない。僕が不思議そうな顔をしていたのだろう、眼鏡の奥の眼が笑っている。そのとき、もしかしたら、と気がついた。

「近眼ではない？」

「眼は悪くありません。両眼とも一・五です」

僕はあらためて眼鏡の奥の眼を見つめてしまった。

「この眼鏡には度が入っていないんです」

「伊達《だて》眼鏡……」

「そう伊達眼鏡。でも、別にカッコをつけるためではないんです。私はずいぶん若くして社長になってしまった。銀行や取引先の年長者と付き合わなくてはならなくなった。もちろん、みんな馬鹿《ばか》にしているのがわかりました。能力のないドラ息子が親のあとを継いだ。いずれ失敗するだろうが、まあそれまで付き合ってやるか。古くからの社員たちも似たようなものでした。ひとつの案件ごとに、さあこれをどう処理するのかお手並み拝見というようなね。取引の話をすれば、未熟な私を見透かそうと心積もりを読んでこようとする。そこで私は考えたんです。自分の内面を読まれたり、内面に踏み込んでこられたりしないようにするにはどうしたらいいか。仮面をつければいいのではないか。もちろん、日常生活に、プロレスラーのつけるマスクや、秋田のなまはげのような面をかぶることはできません。そこで考えたのが眼鏡でした。私がこうした銀縁眼鏡を掛けると、絵に描いたような狷介《けんかい》で厭味《いやみ》な銀縁眼鏡野郎に見えることに気がついたんです。人間というのは愚かなもので、もし私が銀縁眼鏡野郎の若社長という役を引き受ければ、それ以上、内面にまでは踏み込んでこない。あのいやな感じの銀縁眼鏡野郎というところでストップしてしまう。私はこの度の入っていない銀縁眼鏡という仮面をつけたおかげで、こちらの内面に踏み込んでこられなくなっただけでなく、逆に相手をよく観察することができるようになったんです」

「なるほど」

「人の顔だけでなく、どんなことでも最初に強い印象を与えると、それ以外のことには気がまわらなくなる。私はバカラではモドリ目を基本にして賭けている。そのことは、その場にいる客もディーラーもすぐにわかる。場の客すべてがツラ目を追いかけているときに私ひとりが違う目に賭けているなどということが頻繁に起きるのだから当然です。しかし、そのことに眼が行きすぎてしまうために、私がどのように賭けているかまではわからない。マーチンゲールの変形だと見抜いたのはあなたが初めてです」

「そうでしたか……」

「さっきあなたは必勝法という言葉を口にしましたね」

「ええ」

「あなたは必勝法を求めている」

「求めています」

「本物のロマンティストだ」

「そうかもしれません」

「以前、ある人からこんなことを聞かされたことがあります。丁半博打というやつは、出る目に理屈はない。張り方に理屈があるだけだってね」

「出る目に理屈はない。張り方に理屈があるだけだ……」

「出る目は偶然です。そこに必然は存在しない。偶然を読むことはできない。つまり理屈は存在しないんです。出る目に理屈がなければ、張り方に正しい理屈を求めるより仕方がなくなる。完全なマーチンゲール方式のように誰もが理解できる簡単な方法論を定式化できれば、必勝法に近づけます。しかし、あらゆる方法は欠陥を持っていることがわかっています。マーチンゲールも無限の金持ちでないかぎり不敗の方法にはなりえないというようにね。必勝法は、たぶん存在しないはずです」

「存在しないかもしれない。しかし、存在しないと証明した人はいません」

僕はいつの間にか劉さんの口真似《くちまね》をしていた。

「そのとおり」

「もしかしたら、出る目と張り方の中間に、そう、そのあわいに、理屈が存在するかもしれない」

「あなたはそれが見つかると思っている」

「見つけたいと思っているんです」

「あなたは破滅します」

「もしかしたら」

「羨ましい」

「羨ましい？」

「ええ、私も破滅してみたい」

そこで銀縁眼鏡の男は笑い声を上げたが、眼鏡の奥の眼は笑っていなかった。

ふと、いつか彼は本当に破滅するかもしれないと思った。コツコツと肉体労働のような勝ちを拾うことに飽きてしまった、いつか……。

二人で料理をきれいに平らげた。銀縁眼鏡の男はその細い体つきにもかかわらず旺《おう》盛《せい》な食欲を持っていた。

「デザートはどうします」

「もう充分です」

「では、そろそろカジノに戻りましょうか」

銀縁眼鏡の男は勘定書きに部屋の番号をサインすると立ち上がった。

カジノは客であふれていた。とりわけバカラの台は大勢の客に取り巻かれている。しばらく二人とも立って見ていたが、タイミングを見て、まず最初に銀縁眼鏡の男が席に坐《すわ》った。

僕は背後からあらためて彼の戦いぶりをつぶさに見させてもらうことになった。

そのシリーズはだらだらとしたモドリ目が続いていた。僕にとってはひたすら忍耐を要する場だったが、彼には絶好の流れであり、淡々と賭けては着実にチップを増やしていった。

やがて僕も坐ることができた。

銀縁眼鏡の男と違い、ツラ目を追いかけている僕は、勝ったり負けたりしながら少しずつチップを減らしていった。

今日はここまでにした方がいいのかもしれない。僕はチップを大きな額のものにまとめて立ち上がった。そのとき銀縁眼鏡の男に眼で挨拶《あいさつ》をした。彼も眼で挨拶を返してくれたが、とりわけ親しげな表情を浮かべることはなかった。その顔は、まさに肉体労働をしているだけという言葉そのままにもの憂《う》げだった。

4

それからしばらくはバカラの台で勝負を続けている銀縁眼鏡の男をよく見かけることになった。しかし、やがて姿を見なくなった。

最後には僕に声でも掛けていくのではないかと思っていたが、ある日突然いなくなった。そういう甘ったるい人間関係を好まないのだろう。

イリーナによれば、銀縁眼鏡の男とはかなり長い馴染《なじ》みだという。リスボアの娼婦《しょうふ》たちはほとんど中国語しか喋れない。イリーナは、金髪であるというだけでなく、英語を話せるという点においても貴重な存在だったのだ。銀縁眼鏡の男は英語を少し話すのだという。

しかし、そのイリーナもマカオはそろそろ切り上げどきだと思っているらしい。マカオが香港に続いて中国に返還されるのは一年半後に迫っていた。ポルトガル領のマカオでは売春が犯罪ではない。体を売る側も、買う側も罪に問われない。しかし、中国のものになったマカオでも同じかどうかわからないからというのだ。

「それに、李蘭もいなくなってしまったし……」

コーヒーショップで話しているとき、イリーナが寂しそうにつぶやいた。

その日は、バカラの台を取り囲む客の数が異常なほど多く、いくら待っても席に坐れなかった。空くには空くのだが、空いた瞬間にチップを投げ入れようとすると、それより先に投げ入れられてしまう。そんなことが何回も繰り返された。

我慢ができなくなり、二楼に上がっていった。相変わらず煙草《たばこ》のけむりが充満しているが、全体に一楼より客が少なそうだった。それに二楼には、中央の大きなバカラ台以外にも、外側の土星のリング状の空間に安い額でも賭けられる台がいくつも並んでいる。

僕は、そうした台を、表示盤に出ている目を自分の頭の中で中国式に書き換えながら、一台、一台、どんな目の流れになっているのか確かめながら見てまわった。

そのうちのひとつに長いツラ目が二度ほど出ている台があった。しかも、いま、その二度目のツラ目が七回続いているため、場が熱くなっている最中だった。それ場の中心にいるのは誰か。それを確かめたとき、僕は激しい驚きに打たれた。それがアイリーンだったからだ。そしてそのとき、その台が初めてアイリーンと出会った台だったことに気がついた。

横顔しか見えなかったが、白いニットの半袖《はんそで》を着たアイリーンは相変わらず美しかった。いや、むしろいっさい装身具を身につけていない彼女は、以前よりさらに美しくなったと言ってもよかった。いくらか頬の肉が落ち、大人っぽい顔立ちになっている。

よかった、と思った。どうやら心配していたような危険なことは身に起こらなかったようだ。李蘭によれば、彼女を囲っていた男はマフィア間の抗争で殺されたという。

その結果、自由の身になれたのだろう。だから、こうしてまたバカラの台に坐ることができている。

アイリーンの前にはチップの山があり、僕と初めて会ったときと同じく場をリードするかのように大きく張っている。

見ていると、アイリーンの賭け方は、ツラ目を追いかける僕の賭け方によく似ていた。かつて数週間、僕と一緒に勝負をしていたときに基本的なことは吸収し切っていたのかもしれない。しかも、ツラ目を大胆に追いかけるだけでなく、巧みに「見」を織り混ぜながら、中国人の好む「絵柄」が現れると軽々とそこに乗り移っていくこともできる。僕は、アイリーンの鮮やかな勝ちっぷりに眼を奪われた。

閒閒閒閒閒
庄

アイリーンは「閒」のツラ目を追い切ると、「庄」に目が変わったところで負けた。それはごく自然なことだった。次は「見」をした。それも、僕の賭け方と同じだった。そして、そこで「閒」が出ると、次の勝負に「閒」の目を選んだ。

僕だったら、もういちど「見」をしたかもしれない。だが、カードがオープンされると、アイリーンが賭けた側の目である「閒」が勝った。

閒閒閒閒
庄
閒閒

ところが、この出目の次に、ほとんどの客が「閒」に賭けている中で、アイリーンがあまり考える様子もなく「庄」に賭けたのだ。
カードがオープンされると、「閒」の三に対して「庄」はナチュラルの八であっさり勝ってしまった。

閒閒閒閒閒
庄
閒閒
庄

ここは典型的なモドリ目の流れになりつつある。頭を低くしてやりすごさなくてはならない局面だ。僕だったら、「見」をするか、やはりツラ目を追う準備のために最低単位の金額を「庄」に賭けておくだろう。

しかし、アイリーンは「閒」に賭けた。そして、それを当てると、次は「庄」に賭けて、これも当てた。

閒　閒　閒　閒　閒
庄
閒　閒
庄
閒
庄

これでまったくわからなくなった。僕だったら、ここで「見」をするだろう。しかし、アイリーンは迷う様子もなく「庄」に賭けた。そして、それを当てると、次は

「閒」に賭けて、これも当てた。

閒閒閒閒閒
庄
閒閒
庄
閒
庄庄
閒

次の勝負にアイリーンが選んだのは「庄」だった。

「閒」七・「庄」九で、「庄」の勝ち。

だが、そこで、アイリーンは「見」をした。

「閒」のツラ目の直後に一度「見」をしてから、次に「見」をするまで、七回続けて当てた。驚いたのは、七回というその回数ではなかった。ツラ目を追って九回、十回と続けて当てることはある。そうでない場合にも、パターンの繰り返し、いわゆる

「絵柄」をみんなで描くことによって、さらにそれ以上連続して当てるということもある。しかし、このような「庄」と「閒」の目が不規則に出てくるモドリ目の流れの中で、連続して当てるというのは極めて難しいことなのだ。しかも、アイリーンは迷う様子もなく賭け、すべて当てていた。

単なる「勘」だったと考えるべきなのだろうか。しかし、それにしては「選ぶ」という気配もない自然な賭け方だった……と、そこまで考えて、ハッとした。

劉さんと最後に会ったときのことを思い出したのだ。劉さんは、ツラ目を追うことを、滑り落ちるというより攀《よ》じ登るようなものなのではないかと言っていた。まるで山のように、と。

もし長いツラ目を追うことが急峻《きゅうしゅん》な山を登るようなものだとするなら、アイリーンのモドリ目への賭け方は、なだらかな野原をスキップするかのようなものだった。

〈そよ風を浴びながらのスキップ……〉

そのとき、なだらかな丘の稜線《りょうせん》が、激しく打ち寄せる波ではなく、ゆったりとたゆたう波と重なった。

〈たゆたう波……〉

アイリーンはモドリ目でも、まるでツラ目を追っているときのような迷いのなさで賭けていた。まるでツラ目の波に乗っているときと同じように。

もしかしたら、アイリーンはモドリ目もツラ目の波と同じように乗っていたのではないか。それはつまり、モドリ目も波だということを意味しているのかもしれない。そうだ、小さく揺れ動くモドリ目も小さな波と見なすことができる。僕はこれまでツラ目しか波として捉えてこなかったが、モドリ目も波なのではないか。もし、モドリ目も波だとしたら、出目表に現れるすべてが波ということになる。波なら、すべてに乗れてもいいはずだ。

〈ツラ目だけが波なのではなく、モドリ目も波なのだ。すべてが波なのだ……〉

そういえば、劉さんが大勝したときというのも、ツラ目でもなく、「絵柄」でもなかったという。まさに、いま、アイリーンが軽やかに乗っていたと同じモドリ目だったという。

ツラ目の波の乗り方はわかる。ひたすら同じ目に賭けつづければいい。では、モドリ目の波にはどう乗ればいいのか。

僕は、アイリーンの賭け方を注視するようになった。

しかし、ツラ目や「絵柄」を追って勝つ場面は何度か現れてきたが、僕が衝撃を受けたモドリ目による連勝という局面は二度と現れてこなかった。

あれは単なる偶然だったのだろうか……。

もう少しアイリーンの賭け方を見極めたいと思った。

ちょうどアイリーンの反対側の席に坐っている客が立ちそうな気配を見せている。僕はその背後に移動すると、立った瞬間に五百ドルのチップを投げ入れた。

僕が席についたらどういう反応をするだろう。その驚いた表情を楽しみにしながら、立ったままアイリーンの方に眼をやった瞬間、息を吞《の》んだ。いままで見えなかった反対側の横顔に、頰から首にかけて火傷《やけど》のような濃い紫の大きな痣《あざ》がついている。髪で隠そうなどとしていないのがかえって凄絶《せいぜつ》さを増している。アイリーンが無事だということを聞いて僕が喜ぶと、李蘭は何かを言いかけて途中で止《や》めた。李蘭の口ごもった理由はこれだったのだ。

僕はその驚きを表情に出さないように努めて席についた。

だが、席についたものの、なかなか賭ける気にならない。この痣はあの男の仕業に違いない。しかし、僕と出会うことがなかったら、アイリーンもこんな目に遭わなくても済んだはずなのだ。アイリーンの怒りが、死んだあの男から僕に向けられるようになっていたとしても不思議ではない。しばらくは、台の上を見つめたまま眼を上げられなかった。

僕がディーラーの非難がましい視線に促されるようにしてチップを賭けはじめたのは、席についてかなりの時間が経《た》ってからだった。

アイリーンがいつ僕の存在に気がついたのかはわからない。最初のうちは、僕が追いかけるツラ目を共に追いかけていたが、いつの間にか僕とは逆の目に賭けるようになった。

まずいな、と僕は思った。アイリーンの賭け方に微妙な揺らぎが生じるようになったのは、間違いなく僕のせいだった。

席を立とうか、とも思った。しかし、もう少し、アイリーンの賭け方を見てみたかった。

そこで僕は、ディーラーの怒りのこもった視線を弾《はじ》き返しつつ、長い「見」に入った。

すると、アイリーンはふたたび持ち前のリズムを取り戻し、次々と勝ち、チップを増やしていった。

庄 庄 庄 庄 庄

閒
庄
閒閒
庄
閒閒
庄

　こうした流れの中の次の勝負で、中国人の客はほとんどが「閒」に賭けた。「庄／閒閒閒」、つまり「庄」が一回出たあとは「閒」が三回続くという展開に、彼らの好む「絵柄」が見えかかってきたからだ。

　アイリーンも「閒」に賭けるのだろうが、僕ならここは「庄」に賭けたいなと思いながら出目表を眺めていた。

　ところが、アイリーンがじっと考え込んでなかなか賭けない。そして、二分計が残り二十秒になったとき、「庄」に五千ドルを賭けた。その瞬間、僕の内部にふっと温いものが広がった。アイリーンが単純な「絵柄」の信奉者になったわけではないことがわかったからだ。僕の賭け方を理解し、その上で自在に「絵柄」に乗ったり乗らなかったりすることができるようになっている。もしかしたら、劉さんが言っていた「従いながら逆らう」ということを、僕より先に体得したのかもしれない……。

僕は五千ドルのチップを手にすると、「閒」に賭けた。

アイリーンが驚いたような表情を僕に向けてきた。それはそうだろう。アイリーンが理解している僕の賭け方からは、ここで「閒」という賭け方がされるはずがない。

やがて、賭けが締め切られ、「閒」と「庄」の最高額の賭け手にカードが配られた。「庄」は五千ドルのアイリーン、そして「閒」も五千ドルの僕だった。僕はカードをオープンする役を得るためだけに「閒」に賭けたのだ。

僕に配られた「閒」のカードは、二と絵札で二。アイリーンに配られた「庄」のカードは絵札と五で五。

三枚目が配られた。

僕はいつになくゆっくりとカードを絞り上げるように開けはじめた。

〈アイリーン、この「閒」は負けることになっている。たとえどのようなカードが出ようと、君の「庄」が勝つことになっている。心配する必要はない〉

アイリーンに語りかけるように開けていくと、縦にしたカードに二個のマークが見える。それを横にし、さらにゆっくり開けていくと、カードのマークが一列ずつ見えてくる。二個と、一個と、二個の五。「閒」は先の二枚の合計数の二と、このカードの五で、合計数が七になった。

この七という数字は、戦う相手にとってはかなり厄介な数と言えなくもない。八と九しか勝てないのだ。

アイリーンが三枚目のカードを同じようにゆっくりと絞り上げながら開けていく。

——なぜ「閒」になんて賭けるの？

アイリーンが全身で僕に問いかけているような気がする。

〈君と話がしたかっただけなんだ、このバカラの台の上で〉

アイリーンはカードを開け切ると、ピシッと鋭い音を立てて台の上に叩《たた》きつけた。カードは四。前に開けたカードの五と合わせると九になる。完璧《かんぺき》な「庄」の勝ちだった。

僕はアイリーンに笑いかけた。

アイリーンは一瞬訝《いぶか》しそうな表情を浮かべかかったが、また元の無表情に戻った。ディーラーの手によって僕の五千ドルチップが没収され、アイリーンのチップに四千七百五十ドルのチップが付けられるのを見届けると、僕は席を立った。

翌日、同じ台に行ったがアイリーンの姿はなかった。その翌日も、さらに次の日も、アイリーンはいなかった。姿を消してしまった。まるであの日のアイリーンが幻ででもあったかのように。

第十五章　波の底

1

一日、一日と、また日が過ぎていった。いや、この一日と前の一日との区別もつかないようになり、この一日と次の一日との繋《つな》ぎ目も曖昧《あいまい》に溶けはじめていた。

僕はリスボアの十階にある部屋とカジノの一楼と二楼を往復し、バカラの台の前に坐《すわ》ってひたすら賭《か》けつづけた。そしてさまざまな戦い方をさまざまなかたちで試していったが、それは単に、ひとつひとつ、バカラには必勝法などというものが存在しないことを確認する虚《むな》しい作業を続けていくにすぎなかった。

しかし、どこかに必勝法はあるはずだ。登山という領域では、世界中で誰も登れなかった未踏の山の頂でも、あるとき誰かひとりが極めると、その後、つづけざまに登頂者が現れるものだという。たとえ、そのルートの詳細がわからなくとも、「誰かが登った」という、たったひとつの情報が巨大なエネルギーになるらしいのだ。

李蘭によれば、劉さんはバカラにおける必勝法という未踏の頂に登ることができたらしい。少なくとも、その近くまで登ったことは間違いない。しかし、そのルートを示す手掛かりは、子供用のノートに書き記された「波の音が消えるまで」という言葉ひとつしか残されていない。

波の音が消えるまで、とは何を意味するのか。僕は、それを探り当てるため、さまざまな方法で賭けていたのだ。

それはまた、マカオでバカラをしつづけていた半年のあいだに試行錯誤しながら試してきた賭け方の歴史を、短期間に辿《たど》り返していくようなものでもあった。

砂漠についている自分の足跡をもう一度踏み締めて歩きながら、しかし、それが夢の王国へ到達する道でないことをあらためて確認せざるを得ない冒険家のようでもあった。

砂漠はいつの間にか都会のジャングルになり、深夜の舗道を革の靴で歩いているかのように思えてくる。コツコツという足音が響くだけで足跡すら残らない虚しい歩行……。

だが、バカラの必勝法という未踏の頂に登るルートの手掛かりはもうひとつあった。

それは、出目表《でめひょう》に現れる目は、すべて波をかたちづくっているという発見だった。ツラ目だけでなくモドリ目も波だとするなら、乗って乗れないことはないはずだった。

ツラ目の乗り方は体得できている。あとは、モドリ目の乗り方がわかればいい。あの日のアイリーンのように軽やかに乗るためにはどうしたらいいのだろう……。

バカラの台の前に坐ると、僕は何回か「見《けん》」をしたあとで、おもむろに賭けはじめる。「庄」に賭け、「閒」に賭ける。そして、勝ったり、負けたりする。

そのような戦いを果てしなく繰り返しているうちに、ジリジリと金が減りはじめた。負けが勝ちを上まわるようになってきたのだ。

その理由は明らかだった。あの銀縁眼鏡の男が口にした「出る目に理屈はない。張り方に理屈があるだけだ」という言葉が、僕に重くのしかかりはじめたのだ。

やはり、出る目には一厘《りん》一毛《もう》の理屈もないのだろうか。目と目のあいだには蜘蛛《くも》の糸ほどの細いつながりも存在しないのだろうか。出る目に必然の糸がないとするなら、張り方、つまり賭けるチップに理屈を持たせるより仕方がないことになる。

だが、チップの賭け方にすべてが委《ゆだ》ねられるとすれば、どのように工夫しようと、すべて最終的には偶然に委ねられることになる。偶然に抗《あらが》い、そこに必然の道筋をつけることはできない。チップの賭け方から必勝法に辿り着ける確率は、マーチンゲール方式を例に出すまでもなく、無尽蔵の資金がないかぎり皆無である。

ごく普通の資金を持った賭け手が、シューに入ったカードの最初から最後までの勝負を続け、それで常に勝ち越せなければ必勝法に到達したとは言えない。僕はツラ目の立ちそうな海、つまりそのようなバカラの台を見つけて勝負をするということを自らに禁じ、毎回、一楼の決まった台の前に坐り、勝負を始める。それはほとんどが途中からのことになるので、そのシリーズが終わるまで小さく賭けていき、新しいシリーズが始まると同時に本格的に参戦していく。それはどんな台のどんな場でも勝ち越せなければ必勝法に到達したとは言えないと思うようになっていたからだ。

最初のうちは、負けても心理的な余裕があった。どこかで、持ってきた金がなくなったら、そのときは日本に帰ればいい、と思っていたようなところがあったからだ。劉さんも李蘭もいないマカオには、さほど未練がなくなっていた。

百二十万ほどあった金が、半分の六十万になったとき、以前も泊まったことのあるセナド広場近くの安宿、京華旅社に移ることにした。やはり、リスボアに支払う一日九百ドル余りの金が惜しくなってきたのだ。

しかし、その程度の倹約では、金が減っていくスピードに歯止めはかけられなかった。

勝ったり負けたりしながら、勝ちを多くすることはできる。その瞬間に席を立てば勝ちを確定できる。だが、それは「しのぐ」ことにすぎない。銀縁眼鏡の男が言っていたように「経験則」に従ってのことであり、必勝法につながる「絶対の勝ち」ではない。

僕は、ワン・シュー、つまりひとつのシリーズの最初から終わりまで席に坐りつづけ、常にトータルで勝っていなければならないと思うようになっていた。そうでなければ必勝法を見つけたとは言えない、と。

勝ち越しながら、そこで席を立たず、依然として勝負を続けることによってマイナスを背負ってしまう。それはまるでかつての劉さんの姿と同じではないか、と自嘲《じちょう》したくなるほどのものだった。しかし、劉さんと同じく、途中で席を立つことはできなかった。なぜなら、劉さんと同じく、僕の目的も、もはや単に勝つことではなくなっていたからだ。

僕は「絶対の勝ち」を求めるあまり、迷路のようなものに入り込んでしまったのかもしれなかった。

残った六十万が三十万になるのはゆっくりだったが、三十万が五万を切るのは瞬《また》く間のことだった。

東京からマカオへは、格安の片道切符で来ていた。何万か残しておかないと帰りの航空券を買えなくなる。

しかし、所持金が五万から三万になり、さらにそれが一万円札一枚になったとき、奇妙な安堵感《あんどかん》が生まれた。もうあと戻りできない。いや、ようやくあと戻りができなくなるところまで来ることができた、と。そこには、自分が劉さんとまったく同じ道に足を踏み入れたのかもしれないという、ねじれたような昂揚感《こうようかん》がなくもなかった。

夕方、僕がバカラの台を取り囲んでいる人垣の端に立ったままぼんやり勝負を眺めていると、背後から声が聞こえてきた。聞き覚えのある粘りつくような日本語だった。

「また戻ってきましたね」

振り返ると、やはりあの薄毛の中年男だった。

「また戻ってきてしまいましたね」

薄毛の中年男は、同じような言葉を繰り返しながら、さも嘆かわしそうに首を左右に振った。

そして、僕が黙っていると、気持が悪くなるほどやさしげな口調で言った。

「心からの忠告です。すぐに、いますぐに日本へお帰りなさい。そうしないともう日本には帰れませんよ」

僕は薄毛の中年男にぶっきらぼうに言った。

「もう帰れないんだ」

「どうしてです」

「帰る金がない」

するど、薄毛の中年男は、哀れむような眼で僕を見てから、無言のまま離れていった。

その短いやり取りは僕にマゾヒスティックな快感を与えてくれることになった。とうとうあの男にまで哀れまれるような存在になってしまった……。

2

すぐに、食事をする金に詰まってきた。まずサッカー場裏の露店街で食べる夕食を諦《あきら》め、ホテル近くの粥屋《かゆや》での朝食も止《や》めた。やがて、食事と言えば、食料品店で買った大きな袋入りのロールパンを、これまた大きな瓶に入ったオレンジジュースを飲みながら、ホテルの部屋で食べるだけになった。

最後に残った一万円を香港ドルに替えると、その金は六枚の百ドルチップと数十ドルの現金になった。だが、リスボアの二楼に行き、最低のミニマム・ベットの台でその百ドルチップが一枚、また一枚と減っていったとき、初めて深い恐怖を覚えた。

僕には、最後の最後になったら、「しのぎ」のテクニックを使って戦えばいいという思いがあった。いったん「絶対の勝ち」を棚上げして「しのぎ」に徹すれば、挽回《ばんかい》することはさほど難しくないと考えていたのだ。

しかし、そこには思ってもいなかった誤算があった。

僕の「しのぎ」の方法の根幹は、モドリ目のときできるだけ負けを少なくしておき、ツラ目になったとき負けを取り戻すというものだった。もし、そのツラ目が大きいものだったら、負けを取り戻すだけでなく、勝ち越していくことができるだろう。

しかし、この「しのぎ」の方法には、あるていどの種銭が必要だということを忘れていたのだ。全財産がチップ何枚と数えられるようになると、勝負の流れのままに賭けていくことができなくなる。どうしても確実と思えるところにしか賭けられなくなる。それは、ほとんど、ワン・ショット、一発勝負を連続してやっていくことと同じだった。そして、一発勝負は回を重ねれば必ず敗れることになっていたのだ。

僕にはまた、いつの時か「波の音が消えるまで」という言葉の意味がわかり、一挙にすべてが解決するという甘い期待を抱いているようなところがなくもなかった。だが、そこに到達する前に、無一文になってしまいそうだった。泊まっている京華旅社への支払いは、前払いではなく、一週間ごとの精算でいいことになっていた。この博打《ばくち》の都で、そんな寛大な支払い条件にしてくれたのは、前年の十一月から十二月にかけての一カ月、きちんと部屋代を払いつづけたという記憶が京華旅社の主人にあったからだろう。

だが、ついに百ドルチップが一枚になってしまった。しかも、その翌日が一週間分の部屋代を払うことになっている日だった。

その日になると主人に声を掛けられないように素早くホテルを出て、真っすぐリスボアに向かった。

僕はバカラの台のまわりに立つと、ジーンズのポケットの中の百ドルチップを強く握り締め、次は確実にこうだと信じられる目の流れになるまで待ちつづけた。すると、ようやく絶好の目が出てきた。

庄　庄　庄

閒　閒

これはどう見ても次は「閒」だとしか考えられない。それは中国人の客も同じ思いらしく、多くの人が「閒」に賭けていく。僕は椅子《いす》に坐っている客の背後から手を伸ばし、汗ばんだ黄色い百ドルチップを「閒」のエリアに置いた。

カードがオープンされると、「閒」は絵札と二の二。「庄」は絵札と十の〇。二枚だけで勝負がつかないため三枚目が配られる。

「閒」の最高額を賭けている中年男性が三枚目の札をめくり上げると四で、先の二枚の二と合計すると六となる。

取り立ててよいということもないが、悪くない数だ。「庄」が七か八か九を出さないかぎり負けない。

ところが、「庄」の最高額を賭けている若い男が粘っこくめくり上げると、三枚目はなんと七ではないか。

閒六・庄七で、「庄」の勝ち。

僕は、ディーラーがかき集めるチップの山の中に埋もれていく僕の百ドルチップをいつまでも見つめつづけた。

それが僕の最後のチップだった。

自分が無一文だということがなかなか実感として捉《とら》えられない。しかし、間違いなく、僕のポケットには一ドルも、一パタカもなくなってしまっていた。

その日は、深夜までリスボアのカジノにいた。京華旅社の主人と顔を合わせたくなかったからだ。

次の日、ロールパンをオレンジジュースで流し込むようにして食べ、朝早くホテルを出ようとすると、主人に声を掛けられてしまった。僕はとっさにこれから銀行で両替をしてもらいに行くところだと口走っていた。

これでますますホテルに帰りにくくなってしまった。

どうしたらいいのだろう。一瞬、イリーナに借金を申し込もうかなどと考えたが、すぐにそのような虫のいい考えを頭から追い払った。

深夜にホテルに帰ると、主人が帳場のカウンターの奥にいる。いつもなら夜勤の若者に交替している時間帯だった。恐らく僕を待っていたのだろう。

僕は観念し、正直に告げた。

「部屋代は払えません」

だが、意外にも、主人はまったく慌《あわ》てた様子もなく、平然としている。主人は、英語を聞き取ることはできるが、自分から話すことはできない。込み入った話になると中国語の筆談になることがよくあった。僕は自分の言っていることが理解できなかったのかもしれないと思い、英語でゆっくり言い直した。

「僕は金を持っていないんです、まったく」

すると、主人は、わかっているというようにうなずいて、カウンターの上に置いてあるメモ用紙にボールペンで文字を書いた。

請賣

どうやら何かを売れと言っているらしい。しかし、僕に売るものなどなかった。部屋にあるのは使い古された布製のスポーツバッグと下着だけだ。もしかしたら、血でも売ってこいというのだろうか。

「何を？」

僕が訊《たず》ねると、主人がそのメモ用紙に書き加えた。

護照

護照とは何だったろう。考えている僕の顔を見て、主人がさらにこう書いた。

日式　旅券

あっ、と僕は小さく声を上げた。なるほど、護照とは日本の旅券、パスポートのことだったのだ。

しかし、パスポートなど売れるのだろうか。

「パスポートが、売れる？」

訊ねると、主人は黙ってうなずいた。

そうか、無一文、無一物と思っていた僕にはまだこれがあったのだ。マカオには日本人のパスポートを買い取ってくれる闇《やみ》の商人が存在するらしい。

「誰に？」

もしかしたら、この主人が買い取ってくれるというのかもしれないと思い、訊ねた。

すると、主人はそのメモ用紙に簡略な地図を描きはじめた。どうやらそれは、ここからそう遠くない爛鬼楼巷《ラングワイラウホン》という通りらしく、そのはずれの一軒の店に「爛鬼山房」という名前を書き入れた。

そこに行け、ということのようだった。

翌日、僕はホテルから爛鬼楼巷に向かい、主人の手描きの地図に記された店を探した。そこは寂しい商店街であり、目的の店はその端に位置する中国美術専門の一軒だった。

僕が、木彫りの仏像や石作りの花瓶が無造作に置いてある古い構えの店の中に入ると、奥に坐っていた小太りの老人が鋭い視線を投げかけてきた。そして、僕を値踏みするように一瞥《いちべつ》すると、顔を少しだけ動かし、店の裏へと続いている細く暗い通路に誘った。

老人のあとをついていくと、すぐ右手に小部屋があり、そこに小さな木のテーブルが置かれていた。

向かい合って坐ると、老人が言った。

「ここに出しなさい」

上手な英語だった。僕は赤い表紙のパスポートを取り出し、テーブルの上に置いた。

老人は手に取り、写真の貼《は》ってあるページをしばらく見ると、さまざまな国の出入国のスタンプが押してあるページをパラパラと見て、言った。

「これは安い」

「安い？」

「使いにくい」

「どうして？」

「あまりにも多くの国を訪れすぎている」

カメラマン時代から使っているパスポートだった。確かに、撮影のために訪問した南太平洋の島国を中心にかなり多くの出入国のスタンプが押されている。しかし、それがどうして値段にかかわるのだろう。

「それが何か問題なのか」

僕が老人の戦略に引っ掛からないようにいくらか警戒気味に言うと、老人は淡々とした口調で説明した。

「このパスポートを使うのは外国に行ったことなど一度もない中国人だ。どう装《よそお》っても外国慣れしてないことはパスポート・コントロールのオフィサーにはすぐわかってしまう」

「それでは、買い取れないのか」

「いや、使う用途が限られてくるということで、まったく役に立たないというわけではない」

「では、いくらで買い取ってくれる」

なんとなく、相手のペースにはまり込んでいるなと思ったが、こちらから買値を訊《き》いてしまった。

「香港ドルで三千ドル」

四万五千円？

「冗談じゃない」

僕はパスポートを持って立ち上がった。

「いくらだ」

老人がなだめるような口調で言った。

少なくとも十万円以上にはなるはずだ。

「一万ドル」

僕が言うと、老人は無表情に言った。

「アイ・キャント」

とてもその値では買えない、と。

そこから値段の交渉になった。愚かにも僕が一万ドルという上限をつけてしまったため、三千ドルと一万ドルのあいだということになってしまった。しかも、決着がついたのは、その下限に近い五千ドルだった。どうしても、それ以上は、老人が首を縦に振らなかったのだ。足元を見られている僕には、席を蹴《け》って出て行くというこけおどしの手を二度は使えなかった。

ホテルに戻り、手にした五千ドルでまず一週間分の部屋代を払い、超過している二日分と、さらに前払いの一日分を払うと二千ドルが消えた。まだここに泊まるつもりなら、これからは前払いにしてくれと主人に言われてしまったのだ。

残りは三千ドル。これが本当に最後の金だった。前夜から何も食べていなかったが、この金で食事をする気にはなれなかった。何をするにしても、とにかく、この金を増やさなくてはならない。それには、やはり、バカラで勝つしかない。

僕はリスボアに直行し、煙草《たばこ》のけむりで白くなっている二楼の百ドルの台に坐り、三千ドルをチップに替えて最後のものになるかもしれない戦いを始めた。

シリーズの途中からだったが、すぐに戦いの中に入り込めた。

庄

閒閒
庄
閒閒閒閒
庄
閒閒閒
庄庄庄
閒閒
庄庄
閒

この勝負の流れの中で、僕は徹底してツラ目を追いつづけた。それもいっさい賭け金の単位を上げることなく、忍耐強く最低単位の百ドルチップで勝負しつづけた。

負
負勝
負

負勝勝勝
負
負勝勝
負勝勝
負勝
負勝
負

まさに絵に描いたように勝ちが十回、負けが十回だった。当然、「庄」の勝ちでは五パーセントにあたる五ドルのコミッションを取られているため、「庄」で勝った三回分のコミッションである十五ドル分が負けということになる。
しかし、この忍耐強い戦いぶりが功を奏し、すぐそのあとにチャンスが訪れた。

閒閒
庄庄庄
閒閒閒閒閒

庄 庄
負 勝
負 勝 勝
負 勝 勝 勝 勝
負 勝

そしてこの途中で初めて、目が変わった次の勝負に二単位、つまり百ドルで負けた直後の勝負に二百ドル賭けることを解禁したのだ。そうすることで、負けの分を取り戻した上に、さらに一単位勝ち越すことができるようになる。

1 ①
1 ① ①
1 ② ① ① ①
1 ②

この一連の勝負だけで、負けの四単位に対して、勝ちが十単位、差し引き六単位の勝ち越しとなった。

ある意味で、これは理想的な「しのぎ」の勝ち方だった。

だが、そのシリーズが終わり、チップを整理してみると、すべて合わせて三千七百二十ドルだった。ずいぶん勝ったような気がしていたが、わずか七百ドル余りしか増えていないということに気落ちしてしまった。

これはやはり百ドルを単位として賭けていたからだろう、と思った。もし、三百ドルが最低単位の台で勝負していたら、二千ドル近くの勝ちになっていたはずだ。

僕は次のシリーズでさらに三単位、三百ドルを増やすと、合計四千ドルになったチップを持って一楼に降りていった。やはり、三百ドルの台で戦おうと思ったのだ。

台のまわりでしばらく眺めていると、眼の前で大負けしていた客が席を立った。僕より近くにいた客がいったん坐ろうとして途中で止めた。縁起が悪そうな席を嫌って思い止《とど》まったらしい。だが、ツキとか縁起だとかいうことをいっさい考慮に入れないことにしていた僕は、そこに素早くチップを投げ入れて坐った。

二度ほど「見」をしたが、すぐに「庄」の長いツラ目が現れるという幸運に見舞われた。

庄
閒閒
庄庄庄庄庄庄庄
閒

見
見勝
負勝勝勝勝勝勝
負

これで一気に五単位勝ち越した。一単位が三百ドルなので、千五百ドル、コミッションの九十ドルを差し引いても千四百ドル余りの勝ちになる。

僕は「庄」のツラ目が途切れて「閒」になった次の勝負で「見」をした。もうここで切り上げようかなと思ったからだ。二楼で勝った分を合わせれば二千四百ドルを超えている。これは一日の稼ぎとしては充分すぎるほどの額だった。一泊二百ドルのホテル代を払っても、二千二百ドルが残る。

しかし、僕が「見」をしたその勝負がまたもや「閒」の勝ちに終わったとき、次の勝負に三百ドルのチップを「閒」に置く手を止めることができなかった。この「閒」も、「庄」のような長いツラ目なのではないかと思ってしまったのだ。

だが、「閒」〇・「庄」九で「庄」の勝ち。

庄
閒閒
庄庄庄庄庄庄庄
閒閒
庄

稼ぎが二千百ドルに減ってしまったが、それでもここで席を立っていれば問題はなかった。立って勝ちを確定させるべきだった。ところが、もう少し勝てるはずだと欲を出してしまった。

次は「庄」だろう。僕は「庄」に三百ドルを賭けた。

しかし、閒二・庄一で「閒」に負けてしまう。

こうして賭ける目、賭ける目がはずれつづけるようになった。典型的なモドリ目なのに、いつかツラ目に戻るはずだと深追いしすぎてしまったのだ。

閒
庄
閒
庄庄
閒
庄
閒
庄庄庄
閒

負
負

負
負勝
負
負
負
負見勝
負

僕は茫然《ぼうぜん》としてしまった。瞬く間に七単位、二千百ドルも失ってしまったからだ。それは苦労してこの一日で溜《た》め込んだ勝ちをすべて吐き出してしまったということを意味していた。

冷静さを取り戻さなくてはならない。僕はこのシリーズが終わるまで「見」を続けることにした。

ところが、そんな僕をあざ笑うかのように、「見」を始めた直後に「閒」の長いツラ目が姿を現した。

閒

庄

閒

庄庄

閒

庄

閒

庄庄庄

閒閒閒閒閒

僕は我慢できず、次の勝負に打って出た。もちろん「閒」に三百ドルを賭けたのだ。

閒六・庄三で、「閒」の勝ち。

これは凄《すさ》まじいツラ目の波かもしれない。僕は次も「閒」に賭けた。

だが、閒七・庄八で「庄」の勝ち。

閒閒閒閒閒閒

庄
見見見見見勝
負

ここで「閒」のツラ目は途切れた。当然、「見」に戻るべきだった。しかし、ふたたび賭けはじめてしまった手を抑えることはできなかった。僕は、愚かにも、ここからさらに新たなツラ目を追う旅を始めてしまったのだ。

意識のどこかで、気をつけろ、典型的なモドリ目の泥沼に足を踏み入れてしまったぞという警告が発せられてはいた。しかし、いまにツラ目の嵐《あらし》に遭遇するかもしれない、遭遇するはずだという期待の方が強かった。いや、それは期待を超えた思い込みというものだったろう。

賭けても賭けてもツラ目が現れない。深い疵《きず》を負ったのは、「庄」が二回出たあと、「閒」、「庄」、「閒」と続いたところで、ツラ目が出るはずだということを信じられず、「閒」を追いつづけることを止めて「見」をしてしまったことだった。そして、そこで「閒」が出ると、再度「閒」を追い直し、モドリ目の「庄」に敗れてしまったことだ。いや、それより致命的だったのは、その「庄」が「閒」に敗れた次の勝負で、当然「閒」に賭けるべきところを「庄」に賭けて敗れてしまったことだった。「庄」か「閒」のどちらかが連続して二つ勝つと、二度のモドリ目があって、ふたたび二つのツラ目が現れるという「絵柄」に、僕も惑わされてしまったのだ。他の多くの中国人と同じく「庄」に賭けて敗れてしまった。

気がつくと、八単位失ったことで、三千ドルの元手が六百ドル近くにまで減っていた。

僕は心の中で自分を激しく罵《のの》りながら、次の勝負で有り金のすべてを叩《たた》きつけるように「閒」のエリアに置いた。

閒〇・庄一で、「庄」の勝ち。

僕はチップのすべてを失って、席を立った。

3

今度こそ本当に無一文になってしまった。

僕は茫然《ぼうぜん》とカジノの中を歩きまわった。三千ドルが四千ドルになり、さらに五千五百ドル近くにまで増やすことができたのに、そこで席を立たなかったばかりに無一文になってしまった戦いのすべてが脳裡《のうり》に甦《よみがえ》る。

愚かな戦いだった。これで必勝法を求めているなどと言ったら嗤《わら》われてしまうに違いない惨《みじ》めな敗北だった。

バカラの台から台へと見てまわっても、そこで戦われている内容が頭に入ってこない。ただ自分が「閒」に賭《か》け、あるいは「庄」にチップを置いたときのひとつひとつの心の動きが甦り、その愚かさと未熟さに胸が焼かれるだけだ。

僕はカジノからホテルへの通路を抜けると、東翼大堂から葡京路に出た。太陽はビルの谷間に隠れ、薄紫色の夕暮れが始まっていた。

腹はひどく空《す》いていたが、食事をする金がなかった。泊まっているホテルに戻ろうにも、一晩寝てしまえば、明日の朝に支払わなくてはならない前払いの金がなかった。どこに行くあてもないまま、習慣的に新馬路をセナド広場の方に向かって歩きはじめた。しかし、宵の賑《にぎ》わいが始まっているはずの繁華街を歩くのが鬱陶《うっとう》しかった。

僕は途中で立ち止まると、新馬路を逆の方向に歩きはじめた。リスボアの前の小さな公園を抜け、タイパ大橋のたもとに出てきた。しばらくどうしようかぶらぶらしながら考えたが、何もかも面倒に思えてきて、タイパ島に続くその橋の狭い歩道を歩きはじめてしまった。

この橋はあまりにも長いため、歩いている人はまったくいない。しかし僕は、車やバスが疾走する横の歩道を、ただ歩きつづけた。日が暮れても、マカオの蒸し暑さは変わらない。三分の一も行かないうちにシャツは汗にまみれてきた。

息をつくというほどのつもりはなかったが、途中で足を止め、背後を振り返った。そこには、ネオンをきらめかせはじめたリスボアの建物が聳《そび》え立っていた。近くに立っている中国銀行の巨大な建物と比べると、高さは半分にも満たない。しかし、その円筒形の建物には、こちらの心を吸い込んでしまうような妖《あや》しい力がある。昼間は単なる黄色に塗りたくられた派手な色彩の建物にすぎないが、夜になってライトを浴びせられると、それは琥珀色《こはくいろ》に輝く城郭のように見えてくる。もっとも、その中で催されているのは、豪華な晩餐会《ばんさんかい》やきらびやかな舞踏会ではなく、取ったり取られたりのカジノ賭博《とばく》なのだが……。

そこで我に返った。タイパ島に行ったとしても、何があるわけでもない。自分の行くべきところは、やはりカジノでしかないのだ、と。それに、カジノの中に入りさえすれば、この流れるような汗は止まるはずだ。

僕はそこからタイパ大橋を引き返しはじめた。そして、ふたたびリスボアの東翼大堂を通ってカジノに舞い戻った。

中に入ると、気持よく汗が引いていくのがわかる。僕はその心地よさにうっとりしそうになった。やがてその涼しさが凍える寒さのように感じられてくることになるだろうが、それまでのカジノは至上の天国でありつづける。

夕方から夜に入り、客が最も多い時間帯に入っていた。

僕は一楼にあるバカラのひとつの台の横に立って、ぼんやり勝負の推移を眺めていた。

閒
庄庄
閒閒閒
庄
閒閒

ああ、これから「閒」の長いツラ目が始まる。そう思って見ていると、予想どおり

「閒」のツラ目が現れてきた。

閒
庄庄
閒閒閒
庄
閒閒閒閒閒

もし自分に金があれば、この「閒」のツラ目に乗ることができるのに。いや、できたのに。僕はなすすべもなく台の上に賭けられていくチップの山を眺めることしかできなかった。

「もう、これ以上プレイヤーが続くはずはないよな。今度は絶対バンカーだろう」

背後から日本語が聞こえてきた。体を引いて、斜めうしろをチラッと見ると、観光客らしい日本の中年男性が二人、小声で話し合っている。

そうじゃない、ツラ目は追わなくてはならないんだよ。僕は胸のうちでつぶやいた。

するとそれが聞こえたかのように、相手の中年男性が言った。

「でも、みんなプレイヤーに賭けてるじゃないか、やっぱり続くと見てるんだよ」

そして、その中年男性は、手にした五百ドルチップを、椅子に坐《すわ》っている客の背後から、恐る恐る「閒」のエリアに置いた。

カードがオープンされると、閒七・庄五で、やはり「閒」が勝った。

「ほらな」

賭けた中年男性が得意げに言った。

「だけど、次はさすがに来ないいんじゃないかな」

連れの中年男性が言うと、賭けた中年男性もそんな気になったらしい。

「そうだな、今度はバンカーに賭けてみるか」

「俺も賭けてみようかな」

二人でそんなことを話していると、ディーラーによる「閒」に賭けられた膨大なチップに配当をつける作業が進み、中年男性の賭けたチップのところまでやって来た。賭けられた五百ドルのチップの横にもう一枚の五百ドルチップが添えられる。

普通は、その瞬間に、賭けた人からの手が伸びてきて、ディーラーは次のチップの配当付けに入る。ところが、二人が話に熱中しているために、チップを台から引き上げなければならないということに気がつかない。

ディーラーが広東語で叫んだ。

「＊＊＊＊＊＊＊！」

これは誰のものだ、と言っているのだろう。

それでもまだ二人は気がつかない。そのチップが引き上げられないと次の人のチップの配当付けに入れない。台を囲んでいる客たちがザワザワしはじめた。誰だか知らないが早く自分のチップを引き上げろ、というわけだ。

僕はとっさに手を伸ばし、その五百ドルチップ二枚を鷲掴《わしづか》みにした。そして、それを賭けた日本人に渡そうとして一、二歩、近づきかけたが、その手をジーンズのポケットに入れたまま、彼らの眼の前を通り過ぎてしまった。

背後で気がついた日本人が何か騒いでいる声が聞こえてきたが、僕はそのまま人込みに紛れ、二楼に上がるエスカレーターに乗ってしまった。

二楼に着いたとき、いやな汗が出ていることに気がついた。

同じことをしてしまった、と僕は思った。劉さんと同じことをしてしまった。僕は自分で自分の行為をどう理解していいのか戸惑《とまど》った。

だが、盗み、という言葉を頭から振り払った。僕が初めてバカラをやった夜、五百ドルを賭けて勝ったのに、劉さんに持ち逃げされてしまった。そのとき、カジノがきちんと対応してくれなかった。いまそのときのツケを払ってもらったのだ。僕はそう言い訳することで自分の気持を落ち着けることにした。

二楼にある中央のバカラ台のひとつでは、「庄」の長いツラ目が出ているため、客たちのあいだに熱気がこもっていた。

閒
庄　庄
閒
庄　庄　庄　庄　庄　庄　庄

「庄」が七回も続いている。いつもの僕だったら次も「庄」だと考えただろう。これはとんでもなく大きな「庄」のツラ目の波ではないかと。だが、なぜか次は「閒」だと思った。

ポケットの中にある二枚の五百ドルチップのうちの一枚を、客の背後から「閒」のエリアに置いた。ほとんどの客が「庄」に賭けているが、どうせ負けても自分の金ではないという気持が、根拠の薄い「閒」に賭けるという自分でもなかば投げやりな行動を生んだようだった。

カードがオープンされると、閒〇・庄三で、僕の賭けた「閒」は敗れた。

これで「庄」のツラ目が八回になった。その台はお祭り騒ぎのようになり、次の勝負もほとんどすべての客が「庄」に賭けた。

だが、僕はふたたび「閒」に五百ドルを賭けた。

すると、「閒」に九のナチュラルが出て、「庄」にも出た同じナチュラルの八に競《せ》り勝った。ほとんどのチップがディーラーによって掻《か》き集められ、綺麗《きれい》になった台の上に、僕が「閒」に賭けた五百ドルがポツンとのっている。その横に五百ドルチップの配当がつけられると、僕は引ったくるようにその千ドルを摑んだ。

次の勝負が始まると、僕は手に摑んだその五百ドルチップ二枚を続けて「閒」に賭けた。

カードがオープンされると、また「閒」に九が出て、「庄」の八に勝った。

これで二千ドルになった。

たぶん、次も「閒」だ。

そのまま二千ドルを「閒」に賭けつづけた。

閒一・庄〇で、「閒」の勝ち。

まだ「閒」が出ると思えた。僕は四千ドルになったチップをさらに「閒」に賭けた。すると、倍、倍と賭け増していく僕に、台を取り囲んでいる客の関心が集まりはじめたことが感じられた。

閒七・庄六で、「閒」の勝ち。

奇妙なことに、すべて一の差できわどく「閒」が勝っていく。たった一枚の五百ドルチップが瞬《またた》く間に八千ドルになった。たぶん、この「閒」はとてつもなく強いのだ。

次も「閒」のはずだ。僕は八千ドルを「閒」に置こうとした。すると、僕が手を伸ばしかけた前の席に坐っていた中年の女性客が立ち上がり、ここに坐りなさいと言ってくれた。正確に理解はできなかったが、たぶんそのような意味のことを言ってくれたということはわかった。僕の異様な賭け方を見て、席に坐って賭けさせてあげようと思ってくれたらしい。

「多謝《ドーヅェー》」

僕は自分が知っているほとんど唯一《ゆいいつ》の広東語で礼を述べると、素直にその席に坐らせてもらうことにした。

まわりで立って賭けるのと、席に坐って賭けるのとでは、気分的に大きく違ってい
る。なにより落ち着いて賭けられるので席に坐って賭けた方がいいに決まっている。
しかし、そのときは、立っているときに感じていたピリピリするような感覚が薄れて
しまったような気がした。
だが、次も「閒」だという決心は揺らがなかった。
僕があらためて八千ドルのチップを「閒」に置くと、客がどっと「閒」に張りはじ
めた。

閒
庄庄
閒
庄庄庄庄庄庄庄庄
閒閒閒閒

ひとりくらい「庄」に賭ける客がいてもよい目の流れだったが、たぶん僕の異様な
賭け方の迫力が、そこを取り囲んでいる客の心理をひとつにしてしまったのだろう。

カードを開けるのは一万ドルを賭けている中年の男性のはずだったが、ディーラーから「閒」と記されたプラスチックの盤を渡されると、僕の方に視線を向けて何事か言った。彼に開けさせてほしいと頼んだのだろう。ディーラーがいいかというように僕を見た。かまわなかった。うなずくと、カードが二枚、僕の前に置かれた。

一枚をさっと開けると、それは九だった。みんなの顔に喜色が浮かぶ。あとは十か絵札のカス札が出ればナチュラルの九になる。

僕が二枚目の札に手を掛けると、客たちから口々に掛け声が発せられる。

「コン、コン、コン！」

カス、カス、カスと。

だが、僕がめくった二枚目は、四だった。九と四の合計で十三。下一桁《けた》の数字は三ということになる。

一方、「庄」に賭けている客は誰もいないので、ディーラーがカードをオープンすることになった。ディーラーが感情のこもらない手つきで二枚を同時に軽く開けると、一と六の七である。「庄」の七はスタンドということになり、三枚目は配られない。勝負は「閒」の三枚目にかかってくる。

僕の前に三枚目のカードが配られた。

そのカードの端を片手でつまむようにしてめくりはじめて、愕然《がくぜん》とした。それが劉さんと同じめくりかただということに気がついたからだ。

自分が劉さんの真似《まね》をしている。そのことに戸惑いを覚えた僕は、劉さんのように短い辺からではなく、長い辺の側をまず見ることにして、カードをゆっくりと起こした。

縦の一列目にダイヤのマークが三つ見える。

「サン」

僕がつぶやくと、「閒」に賭けているその場の客に緊張が走った。

もし一列目に四つなら、それは九か十のいずれかになり、その時点で負けが決まる。「閒」の二枚の合計である三と足すと、下一桁は二か三のいずれかになり、「庄」の七には勝てない。もし一列目のマークが二つなら、四か五ということになり、合計は七か八である。つまり、引き分けるか勝つしかないのだ。ところが、一列目のマークが三つだと六か七か八ということになり、合計が九か十か十一、つまり下一桁は九か〇か一ということで、勝つこともあるが負ける可能性も出てくる。

僕はそのまま、強くめくりあげた。

二列目にダイヤのマークはない。

僕はめくりあげたカードを静かに台の上に置いた。

六。

それまでの三との合計が九になり、閒九・庄七で「閒」の勝ち。

その瞬間、客のあいだから激しい歓声が湧《わ》き起こった。

ディーラーによる配当付けが果てしなく続き、僕の八千ドルも一万六千ドルになって戻ってきた。

だが、次の勝負が始まったとき、自分がどちらに賭けていいかわからなくなっていることに戸惑った。先程までの「閒」への確信はきれいに消えていたのだ。

「見」をしようか、と思った。

ところが、その台の客が、僕の賭けるのをじっと待っている。僕が「閒」に賭けた瞬間、自分たちも賭けようと身構えている。彼らのその思いを無視して「見」を決め込むことはできなかった。

確信はないが、どちらかと言えば依然として「閒」のような気がする。僕は一万ドルを手元に残し、六千ドルを「閒」に賭けた。

すると、僕がこれまでのように倍々と賭けるのをやめたということに「閒」のツラ目の終わりを感じた何人かが「庄」に賭けはじめた。

結果は「閒」の七に対して「庄」に八のナチュラルが出て、ついに「閒」が敗れた。

そこですっと場の興奮の潮が引いた。

僕は六千ドルを失ったことより、「見」ができなかったことに傷ついていた。周囲の熱にあおられ、確信のない「閒」に賭けてしまった。

席を立とうか、と思った。しかし、チップをかすめ取った劉さんがいまの僕と同じように場を盛《さか》らせ、興奮を生み出していたことを思い出した。劉さんは、途中で席を立たなかった。もちろん、必勝法を求めていたからということはある。しかし、それだけでなく、途中で席を立たないということが、かすめ取ったことの贖罪《しょくざい》という意識があったからに違いない。

僕も単位をいつもの五百ドルに下げたが、席を立たないまま賭けつづけた。すると、最後までツラ目の波に遭遇することなく勝ったり負けたりしているうちに、手元の一万ドルはすっかり消えていた。

4

深夜、リスボアのカジノを出た。

戻るところは京華旅社しかなかった。明日はもう部屋代を前払いすることはできないが、少なくとも今夜はまだ寝る権利があるはずだ。

その日は、朝からまったく何も食べないままバカラの台のまわりに立ち、あるいは席に坐って賭けつづけていた。バカラをやっているあいだはまったく空腹を覚えなかったが、ふたたびまったくの無一文になってホテルに向かって歩いていると、空腹に耐えられなくなってきた。道沿いには、深夜でもやっている店が二、三軒はある。しかし、何か食べようにも、肝心の金がない。

そのとき、部屋にひとつだけロールパンが残っているのを思い出した。

僕はホテルに急ぎ、部屋に入ると、そのロールパンを袋から取り出して水道の水を飲みながら食べた。オレンジジュースはすでに飲み干して一滴も残っていなかったのだ。

ものの数秒もかからず食べ終えると、あらためて猛烈な空腹感に襲われた。ほんの少し食物を胃に入れてしまったことで、逆に空腹を知覚するどこかの神経を刺激してしまったらしい。

とにかく眠ろう。僕は空腹感を抑えるためにベッドに横になることにした。

だが、まったく眠れない。一、二時間はベッドに横になっていたが、やはりまた起きることにして、朝が明け切らないうちにホテルを出た。帳場では夜勤の若者がカウンターの奥で眠っていた。その前を通り過ぎるとき眼を覚ましたようだったが、僕が鍵《かぎ》のかかっていない扉を押し開けて外に出るままにさせてくれた。

　僕の足はまたリスボアに向かっていた。「葡京娯楽場」というネオンが夜が白むにつれて鮮やかさを失っていく。僕は四、五時間前に出たばかりのカジノにまた足を踏み入れた。しかし、目的はバカラではなかった。

　リスボアのカジノでは、客に無償の軽食を提供している。食事のために外に出て行かれるより、無料で飲食をさせてその時間も博打《ばくち》をさせた方がはるかに得だという計算が成り立つのだろう。適当な時間を見計らって、女性のサービス係がサンドイッチとミルクコーヒーを客に配ってまわっている。ラスベガスのようにチップを渡す必要もないため、中国人の客たちは争うように手を伸ばしている。その姿がなんとなくいじましいように見え、僕はこれまで食べたことがなかった。

　だが、無一文の僕にとって、飢えを満たす方法といえば、いまやそれしか残されていないようだった。

　カジノの中には、夜どおし博打をしつづけていたため皮膚に脂《あぶら》が浮いたり、逆にカサカサになったような顔をした客が、ほとんど惰性で博打を打っている。あるいは、宿賃を浮かすため、まったく博打をせずに煤《すす》けたような顔で夜を過ごしている客もいる。客がいないため開店休業のような状態になっているバカラの台の前に坐ったり、打ち伏すようにして眠っていたりする。とりわけ金のないそうした客は、サービス係の女性が軽食を載せたワゴンを押してくると、まさに「ガバッ」という表現がふさわしい勢いで体を起こし、サンドイッチをのせた皿とミルクコーヒーの入ったコップに手を伸ばす。

僕も彼らと一緒にワゴンからサンドイッチの皿とミルクコーヒーのコップを取り、勝負が開かれていないバカラの台の手前にのせた。眠そうにしていたディーラーは、新しい客が来たのかと思ったらしく一瞬身構えたが、僕をただ単に軽食を食べるだけに坐った客と見破り、また弛緩《しかん》した状態に戻った。

皿には二切れのサンドイッチがのっている。それぞれに紙のように薄いハムとチーズがはさんである。そのハムとチーズを挟んでいるパンも恐ろしく薄い。しかも、一口で食べられてしまうほど小さい。それでも、甘ったるいミルクコーヒーと一緒に飲み込むと、なんとはなしの満足感が得られる。僕はまた立ち上がると、軽食を載せて移動しているワゴンを追いかけ、その上からサンドイッチの皿をもうひとつさらった。

午後になり、カジノに観光客の姿が増えてきた。

団体旅行か個人旅行かにかかわらず、香港から日帰りで訪れた客たちが、数時間だけ、話のタネとしてカジノを覗《のぞ》くのだ。

僕は賭ける金を持たないまま、バカラの台から台へと移動し、そこで繰り広げられている勝負の推移を眺めていた。

賭ける金がない、勝負に参加しないということになると、不思議なくらい読みが当たる。

たとえば連続して「庄」が出る。ツラ目の大きな波が現れ、それを追う客たちの熱で場が沸騰《ふっとう》する。僕もその台の前に坐って賭けていれば、途切れるまで「庄」を追いつづけるだろう。しかし、六回ほど「庄」が続き、ディーラーが「庄」に賭けられたチップに配当を付けている姿を見ているうちに、ふっと次は「閒」だなという考えが浮かぶ。理由はよくわからないが、これ以上、「庄」は続かないと思えたのだ。そして、カードがオープンされると、僕の予想どおり「閒」が勝ってしまう。

そういうことが何度も繰り返された。この「閒」のツラ目はここまでだな、この「庄」のツラ目は終わりだな、と。

それはツラの切れ目だけのことではなかった。「庄」から「閒」に、さらに「庄」

へと変わるモドリ目が現れかかる。

庄庄
閒
庄

これを長いモドリ目の始まりと見て「閒」に賭けるのか、あくまでもツラ目を追いかけて「庄」に賭けるのか。これが「しのぐ」ときの最も難しい判断でもある。うっかり無造作にツラ目を追いかけてしまうと、蟻《あり》地獄のようなモドリ目の連鎖に引きずり込まれてしまう。だからといって「見」をすると、そんな小心さをあざ笑うかのように、そこからツラ目が始まっていたりする。

ところが、いつ自分も賭けに加わろうかと見ているのではなく、まったく賭ける可能性のないという状態で見ていると、かなりの確率で当たるのだ。ここは追うべきだ、ここは「見」だ、というように。

一楼の中央にあるバカラの台で、群がる客の背後に立ち、勝負の推移を眺めていた。

そこに観光客らしい若い白人の二人組がやって来た。あまり身長が高くないのでラテン系かなと思ったが、話しているのは英語だった。

「早く出ようぜ。空気が悪い。腐ったガーリックのような妙な臭《にお》いがする」

「このクレイジーな中国人がどんな賭け方をするか、少し見させてくれないか」

「テン・ミニッツだぞ」

二人は自分たちの話している英語が誰にもわからないと思っているらしく、盛んに中国人の客についての悪口を言っている。賭け方のマナーの悪さ、飲食の態度の汚さ、カードの開け方の滑稽《こっけい》さ。その中には、僕が感じていることもなくはなかったが、二人の明らかな人種的な蔑視《べっし》が不愉快だった。

途中で、そのうちのひとりに、次は「閒」だという直感が働いたらしい。客たちの背後から手を伸ばして、「閒」に最低単位の三百ドルを賭けた。カードがオープンされると、閒九・庄七で「閒」の勝ちになった。その瞬間、二人はハイタッチをして大喜びを始めた。僕は気分がよほどささくれ立っていたらしく、それを見て、たかが三百ドルのことでそんな大騒ぎをするなと、胸のうちで罵っていた。

ディーラーが「閒」に賭けられたチップの横に同額の配当をつけていく。そして、白人の賭けた三百ドルの番になり、その横に三百ドルのチップが置かれた瞬間、僕は当人より先に腕を伸ばし、六枚の百ドルチップを鷲掴みして、かっさらってしまった。白人は、自分の勘違いだと思ったらしく、慌てて手を引っ込めた。その隙《すき》に、僕は台から離れてしまった。遠くで白人が喚《わめ》いているのが聞こえてきたが、知ったことではなかった。

5

足早に人込みに紛れ、二楼に続くエスカレーターに向かおうとした瞬間、二人の男に挟まれるように並ばれた。

「一緒に歩いてください」

ひとりが低い声で言った。

英語だった。そして、そのまま「員工通道」と書かれているドアを通り、暗く狭い階段に誘導された。

階段を上がると、そこも狭い廊下になっていて、左右に従業員の更衣室や休憩室が並んでいる。

二人の男は黙ってそこを通り過ぎ、扉に何も記されていない部屋をノックした。

部屋の中から返事があり、二人の男に促されて、中に入った。

そこには、部屋いっぱいにテレビの受像機のようなモニターが無数に配置されていて、カジノで行われている博打のすべての台が映し出されていた。

その隅のデスクに、ひとりの小柄な男がいて、小さなモニターで画像のチェックをしていた。

二人の男は、その前に僕を連れていき、小柄な男の隣の椅子《いす》を指さした。坐れということらしい。僕は素直に従うことにした。

僕が腰を落とすと、英語の話せる男が慇懃《いんぎん》に言った。

「見ていていただけますか」

眼の前の小さなモニターに、タイムコードが映り込んだビデオ映像が流された。見ているうちに、それがさっきまで僕が近くにいたバカラの台を真上から撮った映像だということがわかってきた。

途中で不意にストップされた。

「見てください。このチップはこの人が賭けました」

そこには、若い白人のひとりが手を伸ばし、三百ドルのチップを台に置く瞬間のところが映っていた。

するとい小柄な男は、次に、その横にあるもう一台のモニターを映しはじめた。それは同じ台を斜め横から撮っている映像だった。

そして、その映像がストップされると、そこには僕が手を伸ばし、白人の置いたチップをかすめ取った瞬間が映し出されていた。

「このチップはあなたのものではない。返してもらえますか」

僕はまだ手に握ったままでポケットにも入れていない六百ドルのチップを素直に机の上に置いた。

「来てください」

立ち上がると、部屋を出て、また二人の男に挟まれるようにして廊下を歩くことになった。

警察に引き渡されるのかなと思った。だが、男のひとりが、従業員専用のエレベーターの前で昇りのボタンを押す。そして、エレベーターの扉が開いて中に入ると、ずっと黙っていた男が最上階の「十一」という階数を押した。最上階に警察が待機しているはずはない。どこか怪しげなところに連れ込まれるのかもしれない。そのとき、初めて不安が兆《きざ》してきた。アイリーンを愛人にしていた男の部下に連れ込まれた建物の一室が脳裡をよぎった。

だが、降りたところは、ごく普通のホテルの内部と変わらない廊下だった。いくらか薄暗いようにも感じられるが、とりわけ異様なところに連れ込まれるのではないらしいことに安心した。

何も表示のない部屋の扉の前に立つと、ひとりがノックした。

返事はなかったが、扉を開けて中に入った。

そこは中央に大きなデスクがひとつあるだけの部屋だった。それ以外には、書類ケースのようなものも、本棚のようなものもない。

ひとりの男が部屋の片隅にあった小さな椅子を机の前に置き、ここに坐れと手で合図した。

僕が坐ると、もうひとりが言った。

「ここで待ってください」

そして、二人は僕をひとり残したまま部屋を出ていった。

机の上はきれいに片付いており、一束の書類と、スピーカーフォン付きの電話と、ペン入れのような薄い箱がのっているだけだ。

誰の部屋だろう……と考えていると、不意に右側の壁にある扉が開いた。隣は続き部屋になっているらしい。

そこから、中国人には珍しい大柄な老人が入ってきた。

老人は机の奥にある肘掛《ひじか》け椅子に坐ると、手にした小さな封筒を机の上に置き、僕の顔を正面から見据えた。

僕もその視線を受け止め、老人の顔を見た。体軀《たいく》から受ける威圧感とは逆に温和そうな顔つきをしていた。

やがて老人が穏やかな口調で言った。

「伊津さんですね」

日本語だった。

その瞬間、僕の眼の前に坐っている老人が誰かわかった。

「林さん……ですか」

「そうです」

相手が林康龍だとわかって、急に自分のしたことが恥ずかしくなった。それまで麻《ま》痺《ひ》していた羞恥心《しゅうちしん》が熱く疼《うず》きはじめた。

「すみません」

素直に頭を下げた。

「どうしてあんなことをしたんです」

「金がなくなりました」

「カジノに居れば、誰でも金はなくなります。でも、あんなことは誰もしない」

劉さん以外は、と胸のうちでつぶやいた。つぶやいて、自分が劉さんと同じことをしていたのにあらためて気づかされた。まるで、劉さんが辿《たど》った道をなぞろうとしてでもいるかのように。

「監察室にはビデオの映像が残されています。一度は勘違いということで猶予《ゆうよ》されるかもしれませんが、二度ともなると常習の窃盗《せっとう》ということになります。警察に突き出せば裁判にかけられるかもしれません。しかし、カジノは客商売でもあります。事件の数はできるだけ少なくしたい。それにカジノのセキュリティーの状況をあまり警察に見せたくはない。警察は潜在的な商売敵にも通じていますからね」

「気がつかないうちに、劉さんの真似をしていました」

「劉……さんはいいのです」

あるいは、そのとき、林康龍は劉さんの本名を口にしそうになったのかもしれない。

僕はそれには気づかないふりをして訊《たず》ねた。

「どうしてですか」

「劉さんは私の息子の命を助けてくれました。愚かな息子だったけど息子は息子です。私は深く感謝していました」

　愚かな息子だったけど、と林康龍は過去形で語った。それは何を意味するのだろう。考えていると、林康龍が重い口ぶりで自分から説明してくれた。

「そのあと、ロサンゼルスの路上で強盗に殺されたから結局同じことでした。劉さんが面倒を背負って損をしただけです。私は劉さんに大きな借りがある。でも、あの人は何も求めなかった。日本を出るときに手助けをしてくれないかと頼んできただけでした。あとはバンコクでもマカオでも自分の才覚だけで生き抜いてきた。マカオに入ったときに会いましたが、何ひとつ援助を求めてこなかった。いつ、どんなときにも通じる電話番号を渡してありましたが、そこに掛けてくることはなかった。ただ一度の例外が、あなたを助け出すときでした。私は劉さんがこのカジノでどんなことをしているかは知っていました。だから、カジノのスタッフに手を出さないように命じてあった。チップを盗《と》られた人には常にその倍のチップを渡すようにしていましたから、苦情は出なかった」

　僕が劉さんに盗られてしまったときはそんなことをしてもらえなかった。林康龍に言うと、ふっと表情を崩して言った。

「そのときのことは報告を受けています。普通は、盗られた人はその場で大騒ぎをするのですが、珍しく劉さんだけでなく、盗られた人もすぐに人込みに紛れてしまったために手当ができなかったということです。きっと、そのときのことですね？」

「ええ、たぶん」

僕はみんなに嘲笑《ちょうしょう》されているような気がしてその場をすぐに離れてしまったのだ。

「劉さんのやっていることくらいは何でもありませんでした。それに、劉さんはカジノの外には金を持ち出していなかった。最後のときを除いて、ね」

それが李蘭の言っていた九十七万ドル勝ったというときだったのだろう。

「ただひとつ、わからないことがあります」

林康龍が、それまでの淀《よど》みのない口調から一転して、何かを思い出すような、あるいは何かを考えながらのような調子で話しはじめた。

「劉さんが、観光客からかすめ取ったチップで勝負しているところを何度かビデオで見たことがあります。劉さんはいつも同じでした。最初のうちは勝ったり負けたりしている。そのうちすごく勝ちはじめる。そして、大きな金を作る。でも、劉さんはそこで止《や》めません。いつまでも勝負を続け、そのうち負けてきます。ついには、もう賭けるだけのチップがなくなって、ようやく席を立ちます。どうして、何万ドルも勝っているうちに止めないのか。いつもそう思って見ていました。しかし、それは劉さんにしかわからないことなのだろうと思っていました」

もし、劉さんの行動の一部始終を見ていたとしたら、どうしてかと不思議だったろう。

「ところが、昨日のあなたのビデオを見て、驚きました。劉さんとまったく同じだったからです。勝っている額は劉さんより少なかったかもしれない。しかし、たった五百ドルから瞬く間に一万六千ドルを手に入れたのに、途中で止めることなく勝負を続けてすべてを失ってしまった。どうしてですか？」

「劉さんが途中で席を立たなかったのは、バカラの目的が金を得ることではなかったからだと思います」

「金じゃなかったら、何ですか」

「必勝法です」

「ヒッショーホウ？」

林康龍が聞いたこともない言葉を耳にしたというような驚きを含んだ声で訊《き》き返してきた。

「ええ、必ず勝てるという方法、絶対に勝てるという方法を手に入れたかったんです」

「そんなものはこの世にありません」

「ええ。でも、あるかもしれないと考えたんです」

「カジノで勝とうとするのは、ティンホーを泳いで渡ろうとするようなものです」

「ティンホー？」

僕が小さくつぶやくと、林康龍が日本語に言い直してくれた。

「天河、天の川です」

天の川を泳いで渡る。僕は、抜き手を切って夜空の銀河を泳いでいる劉さんの姿を思い描いた。果たして、劉さんは銀河を泳いで渡ることができたのだろうか……。

「しかし、その必勝法とやらも結局は金を手に入れるものではありませんか？」

林康龍が言った。

「そうじゃないんです。絶対に勝つ方法を手に入れられさえすれば、それを用いて金を手に入れるなどということはどうでもよかったんです」

「わかりません」

林康龍は微《かす》かに首を振りながら言った。僕がどう説明してよいか途方に暮れていると、林康龍が不思議そうに訊ねてきた。

「では、何が欲しかったのですか」

「世界です」

「世界？」

「劉さんは世界を失っていたから、バカラの必勝法を手に入れられれば、ふたたび世界を手に入れられると思っていたようでした」

僕が言うと、林康龍は黙って考え、しばらくして自分に言い聞かせるようにつぶやいた。

「世界を失っていたから……確かに、娘さんは劉さんの世界そのものだったかもしれない……」

「娘さん？」

僕は驚いて声を上げた。

「劉さんに娘さんがいたんですか？」

すると、むしろ僕のその言葉に対する意外さを含ませて林康龍が言った。

「知らなかったですか」

「ええ」

「二十歳過ぎの娘さんがいました。小さい頃に離婚して母親が家を出て行ってからは、劉さんが男手ひとつで育ててきたそうです。劉さんの娘さんだから、きっと綺麗で頭のよい女の子だったでしょう。劉さんが殺人を犯して逮捕状が出たとき、新聞にかなり大きく報道されました。そこには、劉さんの日本の通名だけでなく、本名の朝鮮の名前も出ていたそうです。おまけに、劉さんが勤めている会社が暴力団の影響下にあることまで書かれていた。劉さんの娘さんには恋人というか、婚約者のような存在の日本人男性がいた。ところが、その報道が出てから、態度が一変してしまった。その男性の家族中が別れることを迫ったらしい。その男性も、しだいに怖くなって、別れを切り出した。舅《しゅうと》になるのが暴力団関係者の殺人者というのでは、その男性でなくとも、別れたいと思ったかもしれません。しかも朝鮮人だという。娘さんは悲しんだ。たぶん、男に捨てられたことより、大好きなお父さんが人殺しになってしまったことがつらかったのでしょう。捕まったら、死刑になるかもしれない。まあ、そんなことはないんですけどね。でも、思い詰めた娘さんは、電車に飛び込んでしまった」

「知りませんでした……」

そう言うのがやっとだった。

「地下に潜っていては自分の娘の葬式にも出られない。いっそ自首して葬儀にだけ出席させてもらおうかと考えもしたらしい。しかし、娘さんのいない日本で、何を楽しみに刑期を務めればいいのか。アメリカにいる妹さんが帰って葬儀を出してくれたことで日本に未練はなくなった。劉さんが国外に出ようと思ったのはそれからだそうです」

「自殺したのは、劉さんが借りを返そうとした友人の娘だと聞かされていました……」

「劉さんとは、マカオに入ったとき一度話しただけですが、そのとき、こんなことを言っていました。自分は娘を殺しました、と」

劉さんにとって、世界を失うとは、単に人を殺し、生まれ育った土地を追われるということだけではなかったのだ。いや、もしかしたら、劉さんにとって世界とは、林康龍が言うように、死んでしまった娘そのものだったのかもしれない。娘を失った劉さんには、生きていく理由を見つけることの方が難しかった。だからこそ、このマカオで遭遇したバカラの、その必勝法の幻影にすがるように生きてきたのではなかったか。

「あなたも必勝法を手に入れたいと思っている」

林康龍が僕を混乱の沼から救い出してくれるような温かみのある口調で言った。

「ええ」

「バカラからは何も得られません。バカラだけでなく、カジノの博打はすべて失うためにあるものです。ただ、失うまでの束の間《つかま》の刻《とき》を、天国と地獄の両方で遊ぶことができる。それだけのものです」

林康龍がごく平凡な事実を語るように静かに言った。

僕がその言葉の意味を解きほぐそうとしていると、林康龍が訊ねてきた。

「あなたは何を失ったのです」

僕は本当に世界を失ったのだろうか……。

「バカラの必勝法はあなたにとって何なんです」

林康龍がさらに言葉を重ねて訊ねてきた。

バカラの台という緑の海には次々と波が打ち寄せてくる。「バンカー」か「プレイヤー」か、「庄」か「閒」か。あの台は、実質的にはたかだか畳二枚ほどの広さしかない。バカラの緑の海は一坪の海、三・三平方メートルの海ということになる。バカラの必勝法を手に入れられれば、緑の海と一体になり、打ち寄せる波を完璧《かんぺき》に乗りこなすことができる。ツラ目の波もモドリ目の波も自由自在に。

たぶん、完璧とは神にのみ許される言葉だ。つまり、バカラの必勝法を手に入れるということは、一坪の海の神になるということであるはずだ。

僕は、頭の中での考えを充分にまとめ切れないうちに言葉に出してしまっていた。

「……神になることです」

林康龍はじっと僕の眼を見つめ、言った。

「息子を最後に見たのは、ちょうどあなたくらいのときでした。あなたは息子のように愚かではない。しかし、息子以上に愚かでもある」

そして、言った。

「帰りなさい」

僕は眼を伏せた。

「劉さんが最後に一度だけ、私のところにやって来た。死ぬ少し前のことです。そして、あなたのことを頼まれました。あいつがまたマカオに来たら、無一文になるまでやるだろう。そのときはこれを渡してくれと」

林康龍が、さっき部屋に入ってきたとき机の上に置いた小さな封筒を手に取って言った。

「航空券です。予約はさっき取っておきました。これで日本に帰りなさい」

手渡された封筒の中には、香港から東京までの航空券とマカオから香港までの水中翼船のチケット、それにフェリーのターミナルの港澳碼頭から啓徳空港に行くために使えというのだろうか、バスのプリペイドカードが入っていた。

林康龍は、それだけ言うと、僕の返事も聞かず、スピーカーフォンでまた部下の二人を呼び寄せた。そして、中国語で何事かを命じた。

僕はその部下に促されて立ち上がると、その部屋を出た。出るとき、何か言った方がいいのではないかという考えがよぎったが、言うべき言葉が思いつかなかった。すみません、か、あるいは、ありがとう、だろうか。しかし、謝る気もなかったし、礼を言う気分でもなかった。ただ、出るとき、振り返って軽く会釈《えしゃく》した。だが、林康龍は机の上に置いてある書類に眼を落とし、こちらにはもう関心を向けていなかった。

ホテルの前に黒塗りのベンツが差し向けられていた。部下と一緒に後部座席に乗り込むと、僕のスポーツバッグが置いてあった。ホテルの部屋に置いてあったはずだが、と一瞬怪訝《けげん》に思ったが、すぐに林康龍が手配してくれたのだとわかった。バッグのファスナーを開けると、そのいちばん上にホテルの領収書が載っていたからだ。林康龍が支払いを済ませておいてくれたらしい。そして、もっと驚いたことに、その領収書の下には売り払ったはずの僕のパスポートがあった。

僕のマカオでの行動はすべて林康龍に把握されていたのだ。

ベンツに乗った僕は、まったく行動の自由を許されないまま、香港行きの水中翼船が発着するフェリー・ターミナルに連れていかれた。

林康龍の部下は、僕が建物の中に入るまで、車の扉の前に立って見張っていた。

渡された水中翼船のチケットを見ると、午後二時三十分の出航となっている。飛行機のチケットは午後六時五十分発だ。その時間の水中翼船に乗ると、一時間後の午後三時三十分に香港の港澳碼頭に着く。そこからバスに乗れば、どんなに遅くても四時半までには空港に着くだろう。そこでチェックインをすれば六時五十分の飛行機には問題なく間に合う。あまりゆったりとしたスケジュールではないが、それは僕によけいな時間を与えるのを避けるためなのだろう。すべてがよく計算されていた。

時計を見ると、午後二時五分だった。あと二十五分ある。だが、中に入ると、出国のためのパスポート・コントロールを受けなくてはならないから、十分くらいは必要だろう。とすると、僕はマカオにあと十五分しかいられないことになる。

僕はガラス越しに、林康龍の部下が乗ったベンツが走り出すのを眼の端に留めると、ターミナルの構内にある旅行代理店に走った。

そして、バッグの中から航空券を取り出し、払い戻しを受けたいのだが、どこに行けば現金に換えることができるのかを訊ねた。応対してくれたカウンター内の女性は、しばらく航空券に書き込まれている記号のようなものに眼を落としていたが、英語で答えてくれた。

「これは便の変更は不可能ですが、出発前なら払い戻しは可能です。しかし、クレジットカードで購入されているので、払い戻し金は現金でなく支払われた口座に振り込まれることになります」

劉さんはクレジットカードなど持っていなかったはずだ。とすれば、この航空券は林康龍が買ってくれたものということになる。

だが、とにかく、この航空券が金に換えられないことがわかると、僕は水中翼船のチケット売り場に走った。

そこには、間もなく締め切られる水中翼船の次の便のチケットを買うため、急ぎ足で窓口に向かおうとしている人たちがいた。

僕はそうしたひとりにチケットを見せながら言った。

「五十ドル！」

百ドルのチケットを半値で譲ろうという交渉だった。一人目はうさん臭そうに一瞥《いちべつ》しただけで離れていったが、二人目の男性が買ってくれた。彼は五十ドル札を出すと、僕のチケットを奪うように受け取り、急いで乗り場の入り口に向かっていった。

僕は五十ドル札をジーンズの尻《しり》のポケットに入れると、ターミナルの外に出た。

通りの前には海が広がっている。僕はそこに立つと、もうひとつの尻のポケットから航空券を取り出した。そして、バッグを路上に置くと二つに裂いて海に向かって放り投げた。航空券はひらひらと舞って海面に落ちた。

路面に置いたバッグを拾い上げ、二、三歩離れかけて立ち止まった。

林康龍の部下にピックアップしてもらったこのバッグはもう不要なのではないか。無一物になり、ホテルに泊まれなくなった僕には、着替えの下着や靴下など用はない。

僕は海に面した路肩に近づくと、腕を大きくスイングしてバッグを高く放り投げた。宙に舞ったバッグは海面に落ちると、しばらく漂いつつ浮いていたが、やがてゆっくりと沈みはじめた。

その瞬間、バッグの中には着替えの下着や靴下だけでなく、劉さんのノートが入っていたことを思い出した。

しかし、いい、と僕は思った。その中に書かれていたのはたった一行の言葉だった。それはあまりにも繰り返し見ていたため、ボールペンで記された劉さんの達筆な日本語は、僕の頭の中に写真のようにくっきりと刻まれている。

次の瞬間、そうだ、写真があった、と僕は思った。あのバッグの中には劉さんのノートだけでなく、まだ現像していない使い捨てのカメラが入っていたのだ。

しかし、いい、とまた僕は思った。あの紙とプラスチックでできたカメラには李蘭のポートレートが収められている。幻のように現れ、幻のように去ってしまう李蘭を、現実の世界にとどめようと一枚の写真を撮った。だが、そのときの李蘭の姿は、劉さんの文字以上にくっきりと脳裡《のうり》に残っている。

バッグが海面からすっかり姿を消したとき、あっ、パスポートが、と思った。あのバッグには林康龍が買い戻しておいてくれたらしいパスポートも入っていたのだ。パスポートがあれば、もういちど売ることもできたかもしれない。もったいないことをしたと後悔しかかったが、その一方で、ふっと体が軽くなったような気もした。

僕には、尻のポケットに入っている五十ドル以外、もう何も残っていない。しかし、それが心地よかった。僕は海に面した路肩を離れると、そこから歩きはじめた。

第十六章　銀河を渡る

1

僕は、マカオのフェリー・ターミナルから、海沿いの道である友誼大馬路《ヤウイーダイマーロー》をリスボアに向かって歩いていた。

ジーンズの尻《しり》のポケットには、水中翼船のチケットを売り払った五十ドル札が一枚入っている。日本円にして約七百五十円。これがマカオにおける僕の全財産だった。いや、世界中でこれしかないという金になっている。この五十ドル札を失えば、野垂れ死にするしかないのかもしれない。

劉さんの真似《まね》はもうできない。もともと、監視カメラが無数に配置されているカジノで、あのようなことが通用するはずがなかったのだ。劉さんのときも裏の監察室でそのチップが誰のものかは明瞭《めいりょう》に把握されていた。ただ、僕のときと同じように、林康龍によって守られていただけなのだ。万一、リスボア以外のカジノでやったりしたら、その場で叩《たた》き出されるか、常習性があると判断されれば警察に突き出されかねない。

五十ドルは文字どおり命の金だった。本来なら、これでしばらく飢えを満たすべきなのだろう。ちびちびと食べ物を買い、惜しみ惜しみ食べる。しかし、もちろん、僕にはこの五十ドルで何かを食べたり飲んだりするつもりはなかった。飲食に使えば、それで終わりだ。生きていくためには、この五十ドルを、何倍にも、何十倍にもしなくてはならない。それが可能な方法は、カジノに行き、バカラをするしかない。

だからといって、リスボアでバカラをすることはできなかった。リスボアのカジノに足を踏み入れれば、僕が日本に帰らなかったことが露見してしまう。それによって林康龍を失望させたくないという思いもなくはなかった。劉さんの頼みによって僕に最後の救いの手を差し伸べてくれた好意が無になってしまったのだ。失望だけでなく、怒りを覚えるかもしれない。

しかし、林康龍への配慮だけでなく、リスボアでバカラができない実際的な理由は他にもあった。リスボアのバカラの台は、ミニマム・ベット、つまり賭《か》けられる最低単位が百ドルであり、五十ドルで賭けられる台が存在していなかったからだ。

これまで、まったく行こうともしなかったが、リスボアの周囲に点在する他の中小のカジノホテルや娯楽場という名のカジノには五十ドルでも賭けられるバカラの台があるような気がする。

　僕はそのどこかで最後の五十ドルを賭けるつもりだった。

　友誼大馬路を右に曲がり、カジノホテルや娯楽場が密集するエリアに入っていった。するとと、数ブロック先に、「皇帝娯楽場」というカジノの看板が見えてきた。英語で「エンペラーカジノ」と書いてある。

　扉の前に立って奥を覗《のぞ》くと、階段で地下に降りられるようになっている。僕は扉を押し開け、その階段を降りていった。

　降りていった先の地下にあったのは、煙草《たばこ》のけむりで白くかすんだようになっている博打場《ばくちば》風の小さなカジノの空間だった。

　そこはバカラ専門のカジノらしく、少し大きめのレストランといった程度の空間に、バカラの台が十ほど並んでいる。客の質はリスボアと比べるとかなり落ちて見えるが、誰もがいかにもバカラ好きらしい癖のある眼つきをしている。少なくともリスボアのように観光客然とした客はまったくいない。

　僕は客の頭越しにひとつずつ台を覗き込んでいった。しかし、予想に反してミニマム・ベット、賭けられる最低単位の金が五十ドルと記された盤が置かれている台がひとつもない。どれも百ドルから五百ドルまでの台だった。

〈ここにはないらしい……〉

失望し、降りてきた階段を昇り返しはじめて、そうか、と気がついた。マカオではカジノに存在するチップは五ドルまでと聞いている。それより小さいチップは存在しない。もし賭ける最低単位を五十ドルとしてしまうと、「庄」で当たったときの配当がつけられなくなる。たとえば、五十ドルを「庄」に賭けて勝つと、配当は五パーセントのコミッションを取られて四十七ドル五十セントになるが、このうちの二ドル五十セントを払うことができなくなってしまう。つまり、「庄」の配当のことを考えると、どうしても賭ける最低単位を百ドルとしないわけにはいかないのだ。

せっかく手に入れたこの五十ドルではバカラができない。僕は階段の途中でしばらく立ち止まったまま茫然《ぼうぜん》としてしまった。

どうしたらいいのか。五ドルや十ドルから賭けられる「大小」という博打で百ドルまで増やしてからバカラをやるか。いや、それはあまりにもリスクが大きすぎる。慣れない博打で、どのような金額であれ倍にするというのは絶望的に困難なことであるに違いなかった。

あるいは、探しに探せば、どこかに、チップの端数《はすう》をコインで代替しているような小さな娯楽場があるかもしれない。そこでなら、この五十ドルで勝負できないこともないのかもしれない……。

そのとき、あることが閃《ひらめ》いた。僕たちがバカラの台で百ドルや三百ドルを最低単位として賭けていると、その横の席にほとんど何も賭けずにじっと坐っている客を見かけることがある。多くは中年の女性や老人たちだが、僕たちが「閒」に賭けると、そのチップの上に、手に握り締めた十ドルのチップを一枚か二枚載せてくる。そして、僕たちの顔を見て、相乗りさせてもらえるか、と訊《たず》ねてくるのだ。それは、自分自身で最低単位を賭けるまでの金はないが、どうしてもバカラをやりたい人たちの苦肉の策なのだ。中には、自分の高額なチップにそうした小さな額のチップが載せられることを嫌う客がいないこともない。しかし、ほとんどの客は黙ってうなずく。明日は我が身というほどの切実さからではないにしても、それが自分と同じようにバカラに淫《いん》している人に対するマナーだと思うのだろう。隣に坐《すわ》った客だけでなく、背後に立っている客の中にも、手を伸ばしてきて相乗りを求める人がいる。

僕も数え切れないほど相乗りをされた。これまで、されることはあっても、したことはない。する必要がなかったからだが、かりに必要があっても僕とは縁のない行為だと思っていた。いつも快く受け入れてはいても、心のどこかで恥ずかしい行為だと思っていたのかもしれない。

しかし、いま、僕に残された方法は、その恥ずかしいと思っていた行為である相乗りしかなさそうだった。僕は体の向きを変えると階段を降り、ふたたび地下のカジノに戻った。

2

中央に百ドルの台がある。出目《でめ》の表示盤から判断すると、他の台と比べ、なんとなくこれまでの勝負にツラ目が多く出ているように思える。

僕はそこで戦うことにした。しかし、最後の最後の金と思われるこの五十ドルを、一度に賭けるつもりはなかった。一発勝負は敗北に無限に近づく行為だということは骨身にしみるほど思い知らされていた。

頃合いを見て、五十ドルをディーラーに向かって放り出し、チップに替えてくれるよう頼んだ。その台で賭けられる最低の単位は百ドルだったから、僕の行為は異様なものと映ったはずだ。しかも、ディーラーが薄緑色の五十ドルのチップを投げて寄越すと、僕はそれを投げ返し、人差し指を一本立てた。それでディーラーにはさらに細かく十ドルにしてくれと望んでいることがわかったらしい。小豆色《あずきいろ》の十ドルチップを五枚にしてすっと押し出してくれた。十ドルは約百五十円。僕は手を伸ばしてその五枚の百五十円チップを掬《すく》い取ると、強く握り締めた。これを相乗りさせてもらうことでまず倍の十枚にする。そうすれば、百ドルになり、晴れて単独で勝負できるようになる。

問題は誰のチップに相乗りさせてもらうかということだった。できれば、何度頼んでもいやがらないような人がいい。

台の周囲を移動し、席に坐っている客を品定めするように見てまわった。中にひとり、銀髪の老女がいた。老女とは言え、背筋の伸びたきれいな坐り方をし、淡々と百ドルずつ賭けている。

僕はその背後に立つことにした。

しばらく勝負の推移を眺めていると、幸運にも、老女の隣の席の客が大きく負けたのを機に立ち上がった。僕はすかさず十ドルのチップ一枚を台の上に投げ込み、その席に坐ることができた。

老女とは逆の側の隣に坐っている客がつけている出目表を覗き込むと、目の流れは急に落ち着きのないものになっていた。

閒閒閒閒閒
庄庄
閒
庄
閒閒
庄

これでは、次の目を読むことは不可能だ。

この五十ドルを失えば、すべてが終わってしまう。賭けるのなら絶対の自信をもって賭けなくてはならない。もちろん、いかさまでもしないかぎり、丁半博打《ちょうはん》に絶対はない。まだバカラの必勝法を手に入れていない僕には、「庄」か「閒」かは常に五分と五分の可能性しかない。しかし、それでも、これは絶対だと自分が信じられる勝負にしか賭けてはならない。

かつて、僕がバカラを初めてやった夜、「庄」と「閒」の双方が同じ数で引き分けになってしまう「和」が出ると、次の勝負の目は反転するのではないかと思ったことがあった。

それ以後、何千回、何万回という数の勝負を重ねていくうちに、「和」が出ると目は反転するという考えは消えていった。確かなことは、反転することもあれば、しないこともある、ということだけだとわかったのだ。ただ、それでも、ほんのわずか、反転することの方が多いように思える。それは劉さんが言っていたように、二度、三度と目が続いていくと、同じ目の出る確率が下がっていくということと関係しているのかもしれない。しかし、最後の金を賭けるとき頼りにできるほどの絶対性はなかった。

どこでどのように賭けるべきか。

僕は考えをまとめるために「見《けん》」をしつづけた。なかなか賭けようとしないことにディーラーが苛立《いらだ》ったような視線を向けてくるのを感じながら、その視線を無表情に弾《はじ》き返し、考えつづけた。

そして、ようやくひとつの結論に達し、ある展開になるのを待ちはじめた。

これまで常にツラ目を追いつづけてきた僕だったが、そのとき待っていたのはモドリ目だった。「庄閒庄閒庄閒」というような規則的なモドリ目が長く続くと、それが途切れたとき、今度は逆に「庄庄庄庄」や「閒閒閒閒」というようにツラ目が続くことがある。もちろん、他の場合と同じように必ずそうなるというわけではないが、モドリ目に押さえつけられていたツラ目のエネルギーが激しく噴き出すかのように、不思議と同じ目が続くことが多いように思える。僕はそうした長いモドリ目が途切れる瞬間を待つことにしたのだ。

それが、劉さんの言う「意識づけ」されたことによる錯覚にすぎないのかもしれないということはわかっていた。人は一度なにかの現象に強いこだわりを持つと、そこにばかり眼が行くようになる。劉さんが例に出したのは十三日の金曜日には不吉なことが起きるという「思い込み」についてだった。実際には、他の日にちの、他の曜日にも同じように不吉なことは起きる。しかし、何かによって意識づけされた十三日の金曜日は、同じ確率で起きているにもかかわらず強い印象として蓄積されていく。その結果、ますます十三日の金曜日に不吉なことが起きるという思い込みは強化されていくというのだ。

同じように、長い規則的なモドリ目が途切れたからといって、必ずしもツラ目が続くとは限らない。統計を取れば、やはり五分五分に解消されていく事例にすぎないのかもしれない。だが、たとえそれが錯覚にすぎないとしても、強い思いを持てなければ、ただの一歩でさえ足を前に踏み出すことはできない。とりわけ、いまは、最後の最後になってしまった金を賭けるのだ。僕は規則的な長いモドリ目の直後にはツラ目が現れるということを信じることにした。

信じる。そう、それはほとんど信仰とか、信心とかいうものに限りなく近づく行為だったかもしれない。モドリ目の直後にツラ目よ現れてくれ、と祈るような。

しかし、いくら規則的なモドリ目が続いたとしても、その途切れたところが「庄」では意味がない。単純に倍の配当が付けられる「閒」と違い、五パーセントのコミッションが差し引かれる「庄」に賭けられたチップには、計算を複雑にさせてしまうため小額のチップによる相乗りができないことになっているからだ。僕は、場に長いモドリ目が現れ、しかも「閒」で途切れるという局面を待ちつづけた。

するとようやく待っていた目の流れが現れた。

閒
庄
閒
庄
閒

庄
閒閒

だが、問題はもうひとつあった。隣の老女が「閒」に賭けてくれるかどうかということだ。老女が賭けてくれなければ相乗りができない。

老女はしばらく考えていたが、やがて黄色い百ドルチップを上品な手つきで「閒」に置いた。

僕は老女の顔を覗き込むように見て、十ドルのチップを彼女の百ドルチップの上に載せてもいいかと眼で訊ねた。老女は小さく微笑《ほほえ》み、軽くうなずいてくれた。

大切な五枚の十ドルチップのうちの一枚を老女のチップの上に置いた瞬間、去年の六月三十日、香港の中国返還のお祭り騒ぎを避けてマカオに来た夜、初めてバカラで三百ドルのチップを賭けたときのような激しい胸の動悸《どうき》を覚えた。

カードが配られた。

睡眠不足なのかカサカサの皮膚をした痩《や》せぎすの若者が「閒」に配られたカードを開けた。

一枚目は九だった。もし、二枚目に十か絵札の〇が出れば、合計九のナチュラルとなって勝つことができる。少なくとも負けることはなくなる。僕は、次の二枚目に十か絵札が出ることを祈った。

〈出ろ！〉

しかし、その二枚目のカードは、微妙な数の六だった。九と六で合計は十五であり、下一桁《けた》の数字は五になる。悪すぎるということもないが、格別よいということもない。

一方、「庄」のカードを開けたのは恰幅《かっぷく》のいい中年の男性で、最初の一枚は八、二枚目も八で、合計十六の六。

どちらにもナチュラルが出なかったので、痩せぎすの若者に「閒」の三枚目が配られた。

ゆっくりめくりはじめた痩せぎすの若者が、途中で力が抜けたようにカードを開けた。

七だった。先の二枚による五との合計が十二。その下一桁の二が「閒」の数になってしまった。ということは、「庄」が一か〇にならない限り「閒」は勝てない。その時点で、僕はなかば負けを覚悟した。

貴重な五枚のチップのうちの一枚を失うことになる。チャンスはあと四回しかない……。

三枚目が「庄」の恰幅のいい中年男性に配られた。

楽勝のケースであるという感じがあったのだろう、軽く開けはじめたその中年男性が、しかし少しずつめくりあげるにつれて顔色が変わってきた。そして、怒りのような声を上げて、開けたカードを台の上に叩きつけた。四、だった。六と四で合計十、つまり〇ということだ。

閒二・庄〇で、「閒」の勝ち。

隣に坐っている老女は、ディーラーが倍の配当をつけてくれたチップを手元に引き寄せると、二枚になった十ドルチップを僕に戻してくれた。

「多謝」

僕が礼を述べると、老女は「いいのよ」とでもいうようにまた軽くうなずいた。

これで第一の関門はクリアーした。僕は大きく息をついた。

閒
庄
閒
庄

閒
庄　閒
閒　閒

ディーラーによって「閒」に賭けられたチップのすべてに配当がつけられた。

次の勝負の開始を告げる二分計が動きはじめると、老女はほとんど考えることなく「閒」に百ドルを賭けた。僕は二枚になった十ドルチップをその上に載せさせてもらった。

ふたたびかさかさの皮膚の若者がオープンすることになった「閒」のカードは、四と四による八のナチュラル。一方、「庄」のカードは、前の勝負と同じく恰幅のいい中年の男性によって開けられた。

一枚目はキングの絵札。二枚目を力一杯めくり上げると、七。

閒八・庄七で、きわどく「閒」が勝った。

老女の手によって四枚の十ドルチップが僕に戻され、手元に残っている四枚のチップと合わせると十ドルのチップが八枚になった。次も二枚賭けて勝てば、目標の十枚に到達する。

しかし、そこで僕にブレーキがかかった。

閒

庄

閒

庄

閒

庄

閒閒閒閒

ツラ目は追わなくてはならない、と劉さんは言った。僕も経験の中でツラ目を追い切ることの大切さを学んできた。ここもさらに「閒」に賭けるべきだと思う。だが、僕にはこの次も「閒」が出るという確信が持てなかった。いや、むしろ、「閒」のツラ目はここで途切れそうな気がする。強い自信のないところで賭けるのは避けたかった。「見」をした方がよさそうだと判断し、胸のうちでつぶやいた。

〈劉さん、ここはツラ目を追い切りません〉

僕が相乗りしようとしないのを見て、「閒」に賭けつづけていた老女が「いいの？」というように眼で訊ねてきた。僕はうなずき、「いいんです」と眼で返事をした。

カードがオープンされると、「閒」の八に対して、「庄」に九が出て、「庄」が勝った。やはり、「閒」のツラ目はすでに終わっていたのだ。

その瞬間、老女が僕の方を向き、「よくわかっていたわね」というような表情を浮かべた。

僕はそこからまた長い「見」を続けた。

隣の老女は不規則なモドリ目に苦戦を強いられていたが、それでもさほど大きく負けることなく、百ドルのチップを一枚ずつ賭けている。

すると、僕が待っていたもうひとつの局面が現れた。

ひとつの目が三回続いて他の目に折り返す。その目がまた三回続いて違う目に折り返した次の目はツラ目になることが多い。

これもまた「意識づけ」された錯覚にすぎないのかもしれなかった。しかし、ほんの少し前に、長い規則的なモドリ目のあとに狙《ねら》ったとおりのツラ目が現れてくれたことで、僕には強い自信が生まれていた。

待っていたのは、「庄庄庄」や「閒閒閒」という目だったが、もちろん、それも折り返した三列目が「閒」でなくてはならない。

　庄　庄　庄
　閒　閒　閒
　庄

　これでは、たとえ次の目が「庄」だという確信を持てても、相乗りができない。
　しかし、じっと待っていると、僕にとって理想的な目の流れが現れた。

　閒　閒　閒
　庄　庄　庄
　閒

　隣の老女が「閒」に賭けてくれるのを待っていると、手にした百ドルチップを、他の中国人の客の多くと同じく「閒」のエリアに置いてくれた。
　僕は老女に了解を取ってから百ドルチップの上に十ドルチップを一枚載せさせても

らった。

閒六・庄四で、「閒」の勝ち。

老女が十ドルチップを二枚戻してくれた。

閒　閒　閒
庄　庄　庄
閒　閒

次も「閒」のはずだ。

それは僕だけの思いではなく、台を囲んでいる客のほとんどすべてが「閒」に賭けた。老女も賭け、僕はまた十ドルを相乗りさせてもらった。

閒三・庄〇で、「閒」の勝ち。

閒　閒　閒
庄　庄　庄
閒　閒　閒

老女が十ドルのチップを二枚戻してくれ、五枚だった十ドルチップがついに十枚になった。これで百ドル、ようやく自分の思うままのところに賭けることができるようになった。

次の勝負の二分計が動きはじめると、客の賭けるチップはすべて「庄」に置かれた。三回続いた「閒」は、それまでの二つの目がそうだったように異なる目に折り返すはずだと考えたのだ。場はまさに中国人の好む絵柄が描かれようとしていた。三、三、三……と三回ずつの目が無限に続いていくという絵柄だ。

しかし、僕にはどうしても「庄」になるとは思えなかった。次も「閒」のはずだ。それは僕が常にツラ目を追ってきたことによる偏《かたよ》った判断ではないかと一度は疑ってみた。あるいはまた、かつて劉さんに言われた「致命的欠陥」がここでも他の客と異なる目を選ばせているのかもしれないとも思った。どうしても大勢に従えず、みんなと同じ絵が描けないという「致命的欠陥」による判断ではないのか、と。

僕は眼を閉じた。本当に「閒」でいいのか。意識を集中させていくと、全身の皮膚が、あらわになった神経の尖端《せんたん》のようにピリピリと震えているように思えてきた。その全身の皮膚から伝わってきた得体の知れない感覚を頭の中でひとつにまとめていくと、「間」という文字になった。

やはり、「間」だ。

僕は眼を開けた。

老女はやはり他の客と同じく「庄」に賭けている。相乗りはできない。僕は十ドルのチップを十枚重ねると、それを静かに「間」のエリアに押し出した。

その瞬間、よかったのかなと思った。もし負ければ、営々と溜《た》めてきた十枚の十ドルチップが消えてしまうのだ。それは今度こそ、すべてを失うということでもある。また、一発勝負は避けるべきではないか、という考えも浮かびかかった。しかし、これは一発勝負ではなかった。流れの中のひとつの勝負であり、たまたま賭ける単位が多くなっただけなのだ。

〈これで、いい……はずだ〉

僕は十枚のチップから手を放した。

ディーラーが、重ねられた十ドルのチップが本当に十枚あるかどうか眼で数えているのがわかった。他の客たちも、たったひとり「間」に賭けた客のチップが、十ドルのチップを十枚重ねた百ドルだということに奇異な眼を向けている。

すると、隣の老女が黙って手を伸ばしてその十ドルチップ十枚を自分の手元に引き寄せ、代わりに百ドルチップを一枚置いてくれた。両替してくれたのだ。

「多謝」

僕はまた広東語で礼を言った。老女は「いいのよ」というように笑ってから、自分が「庄」に賭けていた百ドルを取り下げた。

老女には、僕がどのように苦労して十ドルチップを五枚から十枚にしたかよくわかっていた。その僕が、たったひとりで「閒」に賭けている。よほど自信があるのだろう、ここは「見」をしたほうがよさそうだ、と判断したのかもしれない。

カードが配られる。「閒」に賭けている客がひとりしかいないため、カードは僕の前に置かれた。

オープンすると、一枚目は絵札で〇、二枚目は三で、合計が三になる。

続いて「庄」のカードが配られたのは、カサカサの皮膚をした痩せぎすの若者のところだった。

いやな予感がした。これまで、痩せぎすの若者がカードをめくると、ほとんど負けることがなかったからだ。

彼は台の上に両肘《りょうひじ》を張ってつき、両手で力を込めて縦にした一枚目のカードをめくり上げた。

八。

台を囲んでいるほとんどすべての人の口から歓声が挙がった。

そして、痩せぎすの若者が二枚目に手をかけると、励ますような言葉が掛けられた。

「コン、コン！」

「コン、コン、コン！」

カス札を出せ、と。

もし、二枚目に○のカードが出れば、合計八となって「閒」に三枚目が配られることなく「庄」の勝ちが確定してしまう。

一枚目のように両肘を張り、力を込めて二枚目のカードをめくりはじめた。

「リャンピン」

その言葉を聞いて、僕はほんの少し安心した。絵札ではなかったのだ。

だが、次にカードを横にしてめくり上げた痩せぎすの若者の言葉を聞いて、思わず息を呑《の》んでしまった。

「セイピン」

出てきたマークが二つならリャンピン、三つならサンピン、四つだとセイピンと言う。

横にしたカードの一列目に四つのマークが出てきたのだ。

縦にして二つ、横にして四つのマークが現れるカードは九か十しかない。九なら八との合計が十七となり、下一桁は七である。「庄」の七はスタンドだが、まだ「閒」に三枚目を引くチャンスが与えられる。しかし、十が出てしまえば、ナチュラルの八が成立し、その瞬間に勝負は決してしまう。

たぶん僕の顔は青ざめていただろう。そして、頭の片隅で、血の気が失《う》せるというのはこういうことなのだろうな、などというつまらないことを考えていた。

僕はなかば負けを覚悟した。

〈ついに、ついに、すべてを失うのだ……〉

痩せぎすの若者は横にしたカードを徐々にめくり上げ、覗き込むように二列目のマークがいくつ現れるか見ていたが、途中でふっと息を抜くと、小さくつぶやいた。

「ディユー！」

畜生《ちくしょう》、というような言葉なのだろう。カードは二列目にマークがひとつしかない九だった。

命拾いをした。しかし、「庄」の七はナチュラルに準ずる強い数であるスタンドだ。僕に「閒」の三枚目のカードが配られた。このカードが五か六なら、先に配られた三との合計が八か九となって勝つことができ、四なら、七となって引き分けることができるが、それ以外ではすべて負けてしまう。

片手で短い辺を起こすとマークが二つ見える。一から三までと絵札の可能性はなくなった。

次にマークが二つ出てくることを念じながら長い辺を起こしはじめた。短い辺に二つ、長い辺に二つのマークが出てくれば四か五で、三枚のカードの合計は七か八になる。つまり、引き分けるか勝つことができるのだ。しかし、出てきたマークは三つである。ということは、これで四と五の可能性がなくなったということだ。

六か七か八かのどれかである。

七でも八でも合計が十と十一、下一桁が〇と一になって負けてしまう。勝つためには二列目にまったくマークの入っていない六でなくてはならない。二列目にひとつでもマークが入っていたりすれば、それですべては終わる。

僕は祈るような気持で、二列目のマークの有無を確かめないまま、めくり上げたカードを台の上に放り投げた。

ひらひらと舞ったカードが台の上に落ち、そのマークの数がわかった瞬間、台のまわりを取り囲んだ客のあいだから失望の声が発せられた。

「アイヤー！」
六、だったのだ。
閒九・庄七で、「閒」の勝ち。

僕のチップを除いたすべてのチップがディーラーの元に引き寄せられ、ポツンと残った僕の百ドルチップの横にもう一枚の百ドルチップが置かれた。

それを手元に引き寄せると、隣の老女が僕の眼を見ながら「凄《すご》いわね」というように口元を動かした。

これで二百ドルになった。もはや一度の負けだけですべてが終わるということはなくなった。

次の勝負にも、自信を持って「閒」に賭けることができた。

老女も、同じく「閒」に賭けてくれた。老女が賭けてくれたことで「閒」の勝ちは確かなものになったと思えた。

閒九・庄七で、「閒」の勝ち。

手持ちのチップが百ドル三枚になった。それは、勝ったり負けたりしながら流れに沿って賭けられる最低の枚数を手に入れたということだった。

以後、僕はそのシリーズを最後まで「見」で通し、次の新しいシリーズに本当の戦いの場を求めることにした。

新しいシリーズに入っても隣の老女は席を動かなかった。カードがシャッフルされているあいだ一度トイレに立ったが、最初の勝負が始まる前には戻ってきていた。

僕は、いつものように開始から二回までの勝負を「見」した。その目の出方によって、このシリーズの流れを予測するためだ。

3

庄庄

二回「庄」が続いた。

よくある目の出方だった。このまま「庄」の長いツラ目に入ることもあれば、すぐ「閒」に反転し、不規則なモドリ目になっていくこともある。これまでは、このような目が出たあとは、次の目が「庄」か「閒」かを考えるまでもなく、同じ目の「庄」に賭けることにしていた。そこで「庄」が出れば「庄」のツラ目を追うことになるだろうし、「間」が出れば、次の目が何になるかを見極めるためにふたたび「見」をすることになる。だが、いまは、手元に百ドルのチップが三枚しかない。そのような危険な賭け方はできなかった。もう一回「見」をすることにした。

ところが、不思議なことに、このシリーズから自分でもつけはじめた出目表に眼を落とすと、まだ勝負がついたわけでもないのに、次の列の「間」のところに勝った印がついている。

自分ではつけた覚えがなかった。誰がつけたのだろう。疑問に思ったが、僕以外にこの出目表に手を触れることのできる者がいるはずもなかった。たぶん、うっかり間違えて記入してしまったのだ。

僕は最初の予定を変更することなく「見」をしたが、カードが開けられると、記入されていた結果のとおり、間五・庄〇で「間」が勝った。

庄　庄
間

次はどちらの目が出てもいい。つまり、どちらかに賭けるのではなく、「見」をすべきだということだ。
閒九・庄八で、「閒」の勝ち。

庄庄
閒閒

次は「閒」だ。しかし、「閒」に賭けようとして、手が止まってしまった。また、出目表の次の「庄」のところに勝った印がついていたのだ。
眼の錯覚かもしれない。僕はしばらく眼を閉じ、それからゆっくり開いてみた。しかし、間違いなく「庄」のところに勝った印がついている。

庄庄
閒閒
庄

僕は「閒」に賭けることにためらいが生じ、ふたたび「見」をせざるをえなくなった。

カードがオープンされると、やはり出目表についていた印のとおり、閂六・庄七で「庄」が勝ってしまう。

以前、ハワイのノースショアーで暮らしていたとき、親しかったジミーと一緒に二人のローカルの女の子を連れてワイキキの映画館に行ったことがあった。有名なタイムマシーン物の映画の再映だったらしいが、僕にとっては初めて見る映画だった。その中で、未来のスポーツ年鑑を手に入れることができたため大儲《おおもう》けするという男が出てきた。野球やフットボールばかりでなく、競馬の結果を調べることのできるようになった彼にとって、勝ち馬を当てることなどいともたやすいことだったからだ。その男と同じように、まるで僕の内部にもバカラの出目表をあらかじめ眼にしたことがあるもうひとりの人間が潜んでいるかのように、次々と勝つ目が記されていく。

どうかしてしまったのではないだろうか。昨夜からほとんど眠っていないからか。それとも、あまりにもバカラにのめり込みすぎたために脳のどこかに異常が起きてしまったのだろうか。

僕はまた眼を閉じ、強く頭を振った。

眼を開けると、隣の老女が心配そうにこちらを見ている。僕は何でもありません、大丈夫です、という意味を込めて笑いかけた。そして、しばらく出目表をつけるのをやめ、ボールペンを遠ざけることにした。

シリーズの序盤は不規則なツラ目が続いたため、チップを増やすことができなかった。いや、それより、一度は、チップが一枚にまで減ってしまい。もはやこれまで、と覚悟を決めなくてはならない瞬間もあった。しかし、中盤で四回続く「閒」のツラ目が現れたことで、ようやく一息つくことができた。

耐えに耐えていると、そのシリーズの終盤で、不意に「庄」の長いツラ目が出現した。僕もそのツラ目を追い、チップを増やすことができた。

その「庄」のツラ目は、六回続くと「閒」に反転した。

庄　庄　庄　庄　庄　庄
閒

このようなときは、「庄」と「閒」が交互に出る規則的なモドリ目が続き、これまで縦に並んでいた出目表の目の並びが横に走ることが多い。規則的なモドリ目が途切れると、長いツラ目が現れるというのとまったく逆のことが起きやすくなるのだ。

庄庄庄庄庄庄
閒
庄
閒

やはり、正確なモドリ目の様相を呈しはじめていた。僕はモドリ目が途切れるまで「見」をするつもりで、何となく手元のチップに眼を落とした。気がつくと、百ドルチップが十三枚にまで増えている。

そのとき、不意に、体が揺れた。揺れたように思えた。その揺れは、海の沖で大きな波を待っているときに感じる体の揺れに似ていた。

——耳を澄ませ。

どこからか、劉さんの声が聞こえてきたような気がした。

すると、まるでオアフ島のノースショアーに西からの風が吹き、ビッグウェーブが押し寄せるときのような低い地鳴りに似た音が伝わってきた。海がアリューシャン列島からの巨大なうねりを連れてきたときのような音だ。

眼を閉じると、沖からうねりが次々とセットで押し寄せてくる海の情景が見えてきた。

〈波が来る……それも大きな波が……〉

とすれば、この「閒」にも長いツラ目が現れるのではないか。僕は「見」をするのをやめ、「閒」に二百ドル賭けることにした。

カードがオープンされると、閒二・庄一で「閒」の勝ち。

たぶん次も「閒」だ、と僕は思った。

閒九・庄八で、「閒」の勝ち。

今度も「閒」が出る。

閒九・庄四で、「閒」の勝ち。

庄庄庄庄庄
閒
庄
閒閒閒閒

波は轟音《ごうおん》を上げながらさらに巨大なものに育っていく。

僕はなおも「閒」に賭《か》けた。

閒六・庄三で、「閒」の勝ち。

庄　庄　庄　庄　庄　庄
閒
庄
閒　閒　閒　閒　閒

まだ「閒」の勝ちが続くはずだ。僕は「閒」に二百ドルを賭けつづけた。

閒五・庄〇で、「閒」の勝ち。

しかし、その次の勝負で「閒」のツラ目は途切れた。閒六・庄九で、「庄」に敗れてしまったのだ。耳の奥で波が砕ける音が聞こえた。

庄　庄　庄　庄　庄　庄

閒
庄
閒閒閒閒閒
庄

次の勝負を「見」すると、閒八・庄六で「閒」が勝った。

そのとき、波が砕ける音とは別に、あらたにうねりが波になろうとしている響きがした。

――波に乗れ。

声が聞こえた。

僕は思い切って「閒」に三百ドルを賭けた。

閒七・庄三で、「閒」の勝ち。

次も「閒」に三百ドルを賭けた。

閒八・庄七で、「閒」の勝ち。

庄庄庄庄庄

閒
庄
閒閒閒閒閒閒
庄
閒閒閒

次も、「閒」だ。
閒七・庄六で、「閒」の勝ち。

庄庄庄庄庄庄
閒
庄
閒閒閒閒閒閒
庄
閒閒閒閒

声が聞こえる。

――乗りつづけろ。

だが、もうそれが劉さんの声なのか自分の声なのかわからない。僕はさらに「閒」に賭けつづけた。

閒八・庄〇で、「閒」の勝ち。

庄庄庄庄庄庄
閒
庄
閒閒閒閒閒閒
庄
閒閒閒閒閒

波がピークから砕けはじめた音が聞こえてくる。

次は「庄」だと思う。ツラ目を追い切らなくていいのか、という考えが脳裡《のうり》をよぎった。それでも、次は「庄」だという思いは揺らがない。

間三・庄九で、「庄」の勝ち。

庄庄庄庄庄庄
間
庄
間間間間間間
庄
間間間間間
庄

その「庄」がさらに三回続いたとき、ああ、波の音だ、と思った。劉さんのノートに記されていた波の音とはこれだったのだと。

4

波はまだ大きく盛り上がろうとしている。

次も「庄」だ。

僕は千ドルを「庄」に賭けた。

すると、その直後に、ディーラーを挟んで反対側の席に坐っている白いジャケットの男が「庄」に一万ドルを賭けた。

それを見て、台を取り囲んだ客たちのあいだから声にならない声が洩《も》れた。

その台では、客が賭けるチップの多くは百ドルか五百ドルであり、せいぜいが千ドルのチップである。五千ドルのチップが賭けられるのも稀《まれ》だったが、それがいきなりの一万ドルだった。客たちの軽い驚きが声にならない声となったのだ。

その白いジャケットの男のことは、僕もなんとなく気になっていた。もともとそこには別の若い男が坐《すわ》っていたが、席から大きな声を上げて携帯電話を掛けると、しばらくして黒い洒落《しゃれ》たシャツの上に白いジャケットを羽織った男が姿を現した。若い男は、ひとことふたこと言葉をかわすと、交替して彼をそこに坐らせた。僕はそれを見て、もしかしたら、この娯楽場には別のフロアーにハイローラー、高額賭金客用のVIPルームがあり、そこから降りてきたのかもしれないなと思った。白いジャケットの男は、席につくと無造作にポケットからチップを取り出し、台の上に置いたが、それはすべて一万ドルのチップで、少なくとも七、八枚はあったからだ。年齢は四十代に入っているかもしれない。日本風に言えば「苦み走った」いい男で、どことなくマカオで見た香港の暗黒街物の映画に出ていた俳優に似ていた。

僕が気になっていたのは、彼がこの台には似つかわしくないハイローラーのような気配を漂わせていたからというだけではなかった。出目表をまったくつけようともせず、また関心も示さず、ただ黙ってじっと場の状況を観察しているだけだったからだ。

賭けが締め切られ、ディーラーが「庄」と「閒」に最高額を賭けている客を眼で捜した。まず「閒」のプレートが、千ドルを賭けている中年の女性の前に置かれる。次にディーラーが「庄」のプレートを白いジャケットの男の前に置こうとした。すると、彼は、首を振り、僕の方を見ながら何か言った。どうやら、あいつにカードを開けさせろと言っているらしい。ディーラーが僕に向かって、いいか、と訊《たず》ねるように顔を向けてきた。

僕は黙ってうなずいた。

中年の女性が「閒」のカードを開けると、絵札と三で、まずは三ということになる。

僕がオープンした「庄」のカードも、一と二で、三。

どちらにもナチュラルができなかったので、双方に三枚目が配られることになった。

配られた「閒」の三枚目を、中年の女性が甲高い声と共にめくり上げると、三である。

三と三で六。

僕は三枚目をゆっくりとめくり上げた。短い辺にマークが二つ、長い辺にマークが三つ現れた。

六か七か八のいずれかだ。六なら勝つが、七でも八でも負ける。

僕は声には出さず、腹の底に気合を込めてめくり上げた。

六。

閒六・庄九で、「庄」の勝ち。

庄　庄　庄　庄　庄　庄

閒

庄

閒　閒　閒　閒　閒　閒

庄

閒　閒　閒　閒　閒

庄　庄　庄　庄　庄

千ドルが二千ドルになって戻ってきた。僕は手元に溜まったチップを数え、それが五千ドルと少しになっているのを確かめてから、五千ドル分をディーラーに押し出した。

ディーラーはそれを五千ドルのチップ一枚にして戻してくれた。

その台に坐っている客のすべてが、僕がこれで勝ちを確定し、席を立つのだろうと思っていることがわかる。わずか五十ドルから、その百倍である五千ドルのチップを手に入れた。隣の老女も「よかったわね」というように口を動かしている。

しかし、もちろん、僕はそれで終わりにするつもりはなかった。

耳を澄ませた。

波は砕けはじめているが、次もまだ「庄」だ。

僕は五千ドルのチップを「庄」に賭けた。

これはワン・ショット、一発勝負ではない。百ドルでも千ドルでも結果は変わらないはずだ。だから、ただ五千ドルを賭けているだけなのだ……。

すると、台の上に視線を落としていた白いジャケットの男が、おもむろに二万ドルを「閒」に賭けた。

その額に、台を取り囲んでいる客から今度は明らかな驚きの声が発せられた。

客の賭け方は二分された。僕が営々と溜めてきたチップを一気に賭けてきたことに特別な意味を見出《みいだ》す客は「庄」に、白いジャケットの男が二万ドルもの大金を自信に満ちた手つきで賭けてきたことを重く見る客は「閒」に賭けることになったのだ。そしてまた、この「庄」も、その前の「閒」と同じく五回で異なる目に折り返すと考えた客も「閒」に賭けたはずだ。いや、白いジャケットの男もまた、そう考えたからこそ「閒」に賭けたのだろう。

賭けが締め切られ、カードが配られた。

もちろん、「閒」のカードは白いジャケットの男の前に置かれた。

彼は、二枚のうちの一枚目を軽く開けた。

四。

微妙な数だ。これに五以下の小さな数が加われば九に近づくし、六以上の大きな数が出れば九を超えてしまう。

白いジャケットの男は、二枚目のカードの上に右手をのせると、そのまま台に敷かれているフェルトの布の上をスッと滑らせ、五番の席の客の前に書いてある「五」という数字のところにカードを触れさせて、また自分の前に戻した。

二枚目に五が出れば、合計九となり、最強のナチュラルが成立する。

彼は、オーソドックスにカードを縦にし、両端をつまんで徐々に開いていった。

「リャンピン」

一列目にマークが二つ現れたのだ。

次に、横にして少しめくり上げると、鋭く言った。

「リャンピン！」

その瞬間、「閒」に賭けていた客から歓声が湧き起こった。上の一列目に二つ、横の一列目に二つのマークが現れるカードは四と五しかない。つまり、一枚目のカードと合わせると、八か九になる。どちらにしてもナチュラルだ。

「テンガー！」

付け、と客のひとりから声が上がる。真ん中にマークがひとつ付いていれば五となり、九のナチュラルが完成する。

その声に応《こた》えるように、白いジャケットの男は一気にめくりあげたカードを台に叩《たた》きつけた。

五。

最高の数が出たことでさらに大きな歓声が湧《わ》き起こった。

「閒」は四と五で最強の九のナチュラル。これで「庄」に何が出ても負けなくなった。僕に「庄」のカードが配られる。

それはある意味で絶望的な状況といえるものだった。何が出ても勝てないのだ。唯《ゆい》一《いっ》、九を出した場合だけ、辛《かろ》うじて引き分けられる。

僕は一枚目を簡単にめくった。

キングの絵札だ。絵札は、それがクイーンであろうが、キングであろうが、すべて〇である。

ということは、二枚目に九が出ないかぎり、負けてしまうことになる。これまで、あたかも断崖《だんがい》絶壁の細い道を歩くときのように、体中の全神経を研ぎ澄ませつつ賭けていくことでようやく手に入れた五千ドルのチップを、一瞬にして失ってしまうかもしれない。

しかし、僕は心理的にさほど追い詰められてはいなかった。

〈たぶん、これは「庄」の目なのだ。「閒」に九が出てしまったのは、ちょっとした間違いに過ぎないのだ〉

僕は自分に言い聞かせ、劉さんのように二枚目のカードの端を右手の親指と人差し指でつまむと、短い方の辺を少しめくりあげた。

マークが二つ見えた。

「リャンピン」

単なる経過報告として小さくつぶやいた。

まず、絵札でもなく、一でも二でも三でもないことがわかった。

しかし、「庄」に賭けている客たちは、なかば敗北を覚悟しているため、ほとんど反応しない。

僕はまた元に戻すと、今度は長い辺の方をゆっくりとめくり上げはじめた。

一列目に、一、二、三、四……四つのマークがある。

「セイピン」

僕がつぶやくと、「庄」に賭けた客たちのあいだに微《かす》かなどよめきが起きた。横に二つ、縦に四つのマークがあるカードは、九と十しかないのだ。

十だと負けるが、九なら引き分けることができる。そして、十だと真ん中の列にマークが二つあるが、九ならひとつしかない。

「ひとつ！」

僕は口の中で小さく叫ぶように言葉を発しながらめくり切ったカードを台の上に静かに置いた。

九。

一呼吸置き、客たちがその数を目で確認した直後に激しい歓声と悲鳴が交錯した。

「庄」もまた九のナチュラルだったのだ。

閒九・庄九で、引き分けの「和」。

これで、「閒」に賭けた客も「庄」に賭けた客も、どちらも自分のチップに手をつけられないまま、勝負のやり直しということになる。

そのとき、白いジャケットの男が僕の方に視線を向け、ふっと笑ったように見えた。そして、手元に積んである一万ドルのチップを四枚つまむと、「庄」に賭け増した。

白いジャケットの男は、「和」が出たため慌《あわ》てて「閒」のチップを取り下げようと同額を「庄」に賭け増したのではなかった。むしろ、積極的に「庄」に賭けるために倍額のチップを置いたのだ。

賭けが締め切られた。

白いジャケットの男の前の台には、「閒」に二万ドル、「庄」に四万ドルが賭けられている。どちらも最高額だ。本来なら、「閒」も「庄」も、白いジャケットの男がカードを開けることになる。しかし、ディーラーによって、カードをオープンする権利を示すプラスチックのプレートが二枚とも渡されそうになると、「閒」のプレートはディーラーに、そして、「庄」のプレートは僕に渡すよう指示した。

ディーラーは、今度は特に了解を得ようともせず、僕の前に「庄」のプレートを置いた。

まず、ディーラーが「閒」のカードをオープンした。一枚目は六、二枚目は一で、七のスタンド。

「閒」に出た七はかなり強い数だ。

しかし、僕は次に配られたカードの一枚目をいつものようにサッと開けた。

八。

それを見て、「庄」に賭けた客から口々にまったく同じ言葉が発せられた。

「コン！」

「コン！」

カス、カスと。二枚目が十か絵札の○のカス札なら、八のナチュラルとなって即座に「閒」の七に勝つことができる。

僕は二枚目のカードの端をつまみ、徐々に起こしかけて、すぐに台の上に放り投げた。絵札の印である枠の線がほんの少し見えたからだ。

閒七・庄八で、「庄」の勝ち。

庄庄庄庄
閒
庄
閒閒閒閒閒
庄
閒閒閒閒
庄庄庄庄庄和庄

白いジャケットの男は、「閒」に賭けた二万ドルを没収されたが、「庄」に賭けた四万ドルに三万八千ドルの配当が付けられた。

僕は手元に残っていた少額のチップを集め、五千ドルの横に二百五十ドルのコミッションを置いた。

チップの付け取りをするディーラーは、僕の番になると、五千ドルと二百五十ドルのチップを手元に引き寄せ、一万ドルのチップを一枚にして渡してくれた。

やがて、二分計にスイッチが入れられ、次の勝負が始まった。

僕は眼を閉じ、また耳を澄ませた。

波の音は、真っ白い泡となって岸に打ち寄せるときのような小さい音になっている。

〈今度は閒だ〉

僕は一万ドルのチップを「閒」に賭けた。

すると、白いジャケットの男が訝《いぶか》しそうな表情を浮かべて強い視線を僕に向けてきた。

僕には白いジャケットの男の心の動きがよくわかった。彼は、ここでは「閒」と「庄」のツラ目が五回ずつで折り返すことになっていると信じ、「庄」が五回続くと次は「庄」ではなく「閒」に賭けた。ところが、「閒」が九のナチュラルを出したのにもかかわらず、「庄」もやはり九のナチュラルを出して引き分けてしまった。この「庄」はとてつもなく強いのだろう。だから、「庄」に四万ドルを賭け増すと、やはり軽々と勝ってしまった。まだまだ「庄」のツラ目は続くはずだ。それなのに、その「庄」のツラ目を導いてきたかに見える僕が「閒」に賭け変えてしまった。なぜなのだろう。いや、白いジャケットの男の目には、単なる疑問ではなく、なぜなのだと詰《きつ》問《もん》するような色すら浮かんでいるように思える。

だが、「庄」の目はすでに砕け散ったのだ。そう、砕け、散っているのだ。

僕が無表情に見返すと、白いジャケットの男は、少し思案するように台の上に視線を落とし、しばらくして五万ドルを「庄」に賭けた。

カードが配られた。

僕が「閒」に配られたカードを静かに開けると、一枚目は二であり、二枚目は三だった。

合計の五がとりあえずの「閒」の数となる。

次に白いジャケットの男が「庄」のカードを開けると、一枚目が絵札で、二枚目が七。「庄」の七はスタンドということになり、三枚目を引くことがない。

すべては、「閒」に配られる三枚目のカードにかかってきた。

だが、僕は配られたカードを無造作に開けた。

四。

五と四で、合計が九。

不思議と「庄」に賭けている客からも熱狂の歓声が湧き起こらない。あまりにも僕が淡々と開けたため、ごく当たり前のことが起きたように受け取られてしまったからかもしれなかった。

閒九・庄七で、「閒」の勝ち。

庄庄庄庄庄庄
閒
庄
閒閒閒閒閒閒
庄
閒閒閒閒閒
庄庄庄庄庄和庄
閒

白いジャケットの男は、ディーラーによって自分が「庄」に賭けた五万ドルのチップが没収され、僕が「閒」に賭けた一万ドルのチップに一万ドルの配当が付けられるのを見届けると、何かを考えるかのように視線を宙に浮かせた。

二分計のスイッチが入れられ、次の勝負が始まった。

耳を澄ませていると、波の音はしだいに小さくなっていき、そして、消えた。

だが、僕にはもう波の音は必要ではなかった。うねりから生まれた波の動きが手に取るようにわかる。

劉さんは勝利したバカラの最後の局面で、李蘭に言っていたという。

波には波の音が聞こえない

僕に波の音が聞こえなくなったのは……そう、それは……たぶん、いま僕が波であるからなのだろう。

次は「閒」だ。

理由もなく、そう思う。

僕は二万ドルになったチップをまた「閒」に賭けた。

すると、白いジャケットの男は、ほとんど反射的に手元にあるチップのすべてを「庄」のエリアに押し出した。周囲の客から溜め息《たいき》のようなものが洩《も》れた。それも無理はなかった。チップの総額は六万八千ドルに達していたからだ。

賭けが締め切られ、有り金のすべてである二万ドルを賭けた僕の前に「閒」のプレートが、同じく手持ちのチップのすべてである六万八千ドルを賭けた白いジャケットの男の前に「庄」のプレートが置かれた。

ディーラーが黒いシューからカードを引き出し、自分の眼の前に「閒」のカードを二枚、「庄」のカードを二枚置く。

すると、チップの付け取りをするディーラーのひとりが長いヘラを使ってそのカードを掬《すく》い上げ、まず僕の「閒」のプレートの前に置いた。

僕がカードをめくると、一枚目はキングの絵札、二枚目もジャックの絵札。共に〇で、合計も〇という最悪の数だ。

息を詰めるようにして見守っている客たちから軽い吐息が洩れる。彼らの多くは、僕と同じ「閒」に賭けている。本来なら、失望したような声が聞かれても不思議ではない。だが、吐息にそのような思いがまったく混じっていないことに驚かされる。まるで、僕がどうにかしてくれるだろうとでも思っているかのように、全幅の信頼を寄せている。

次に「庄」の白いジャケットの男にカードが渡された。

一枚目は二、二枚目はクイーンの絵札で、合計が二となる。これもよくない数だが、「閒」の〇よりはいくらかマシと言えなくもない。

三枚目のカードが「閒」の僕に配られた。

僕が静かにめくって、静かに台の上に置くと、「閒」に賭けていた客たちの口から、今度はさすがに悲鳴が上がった。
一、だったのだ。
悲鳴を上げるのも無理はなかった。〇と一で、「閒」の数は最悪に近い一と決まってしまったのだ。

一方の「庄」は二である。「庄」に賭けた少数の客はもうほとんど勝ったかのように表情をほころばせている。それもまた当然だった。

「庄」は、三枚目が一でも、二でも、三でも、四でも、五でも、六でも、七でも勝てる。十でも、ジャックでも、クイーンでも、キングでも勝てる。九が出て引き分け、唯一負けるのは八が出たときだけである。

十三種類のカードのうち、負けるのはたった一種類しか存在しないのだ。「庄」に賭けた客が「勝った」と喜んでもおかしくない。

だが、ただひとり、白いジャケットの男だけは浮かれていなかった。

配られた三枚目のカードを慎重な手つきで前に置いた。両端をつまみ、少しめくった。

「リャンピン」

もしそこに絵札に特有の枠の線が見えたら、勝ちが決まっていただろう。あるいは、マークが何も見えない一か、ひとつしか見えない二か三でもよかった。しかし、横に二つのマークが見えたということは、四から十までのすべての可能性があるということだ。

白いジャケットの男は、そのカードを横にすると、また両端をつまんで、少し起こした。

そこにあるマークを見て、緊張した声で言った。

「サンピン！」

三つあったのだ。それは、六か七か八であることを意味していた。六か七なら合計が八か九になって勝ちだが、八だと十になって負けてしまう。たったひとつ、「間」に負けてしまうカードが現れてくる可能性が増してきてしまったのだ。

すると、台のまわりにいる客たちから叫び声が乱れ飛びはじめた。

「チョイヤー！」

「テンガー！」

「チョイヤー！」

「テンガー！」

マークよ消えろ、マークよ付け、と。

真ん中の列にマークがなければ六であり、ひとつでも七となって「庄」が勝つ。

だが、真ん中の列にマークが二つ付けば、八となって「閒」が勝つ。

「庄」に賭けた客はマークよ消えろと叫び、「閒」に賭けた客はマークよ付けと囃《はや》していたのだ。

白いジャケットの男は、二列目にあるかもしれないマークを吹き飛ばそうとでもするかのように、めくり上げたカードと台のあいだにできた隙間《すきま》に唇をとがらせるようにして微かに息を吹きかけている。そして、一ミリずつカードを起こしていく。その指先に渾身《こんしん》の力がこもっているのが僕の眼からもはっきりとわかった。

そして、三分の一ほどめくり上げたところで、天を仰ぎ、カードを伏せると、そのままディーラーの方に滑らせるようにして送った。

ディーラーがそのカードをオープンすると、それは二列目に二つのマークが並ぶ、八だった。

閒一・庄〇で、「閒」の勝ち。

ふっとひとつ息を吐くと、白いジャケットの男は席を立った。そして僕の顔を見て、また微かに笑った。一瞬にして大金を失ったにもかかわらず、それは不思議と明るい笑顔だった。まるで、面白い見世物を見せてもらったぜ、とでも言うような……。

5

次は「庄」だ。

僕が四万ドルになったチップをそのまま「庄」に賭けると、その台に異様な熱気がみなぎりはじめた。ほとんどの客が僕に追随して「庄」に賭け、少数の、そして大きな額の賭け手が「閒」に賭けた。

閒八・庄九で、「庄」の勝ち。

庄　庄　庄　庄　庄　和　庄

閒　閒

庄

僕はモドリ目を正確に当てながら、胸のうちで叫んでいた。

〈完璧《かんぺき》だ！〉

そして、思った。次は「閒」だ、と。

僕はまたすべてのチップ、七万八千ドルとなったチップを「閒」に賭けた。

賭けが締め切られ、カードが配られた。

閒九・庄八で、「閒」の勝ち。

庄庄庄庄庄和庄
閒閒
庄
閒

客たちのどよめきの中、僕のチップは十五万六千ドルになって戻ってきた。

〈今度は「庄」だ〉

僕は十五万六千ドルを「庄」に賭けた。

すると、チップの付け取りをするディーラーが僕に向かって首を振り、台の上に置かれているミニマム・ベットとマキシマム・ベットの額を記したボードを指さした。

それによれば、最低の賭け金は百ドルからとなっているが、最高の賭け金は十万ドルまでとなっている。

僕は最初、たった五十ドルしか持っていなかった。そのためミニマム・ベットがいくらなのかということにばかり眼が行き、マキシマム・ベットの額など関心の外にあった。

僕がチップを取り下げようとすると、この台の熱狂ぶりを監視していた年配のピット・ボスが、若いディーラーに向かって「受けろ」というようにうなずいた。それを見て、ディーラーが僕に「そのまま」と両手を広げてうなずいた。

次の瞬間、台を囲んでいるほぼ全員がどっと「庄」に賭けはじめた。その金額は膨大なものになり、チップの付け取りを担当しているディーラーが、必死に賭けられたチップの金額を眼で計算するようになった。そして、その総額がこの台で受け切れる限度を超えていたらしく、年配のピット・ボスに首を振った。すると、その年配のピット・ボスが携帯電話を掛け、誰かと話しはじめた。そして、しばらくして電話を切ると、「構わないから続けろ」というように大きくうなずいた。

カードが配られ、まず「閒」のカードが開けられる。「閒」には誰ひとり賭けていないので、ディーラーがオープンすることになる。いつもなら、ディーラーの中立性をアピールするためかことさら軽く開けるのだが、このときばかりは一枚ずつゆっくりめくりあげることになった。

一枚目は七、二枚目は一で、八のナチュラルとなる。

普通なら、「庄」に賭けた客のあいだに諦《あきら》めの表情が浮かぶものだが、いまは誰もが僕のめくるカードに熱い期待を寄せているのがわかる。どこかで、僕のめくるカードには奇跡が起こるかのように思い込んでしまっているのだ。

僕はごく普通にカードの一枚目をめくった。

二。

もし次にめくる二枚目が七以外の数字だったら、「庄」は「閒」に勝てない。

僕はその二枚目のカードも極めてさりげなくめくった。なぜなら、僕が「庄」だと思ったのなら、この勝負が「庄」の勝ちであることは決まっていたからだ。

僕がめくったカードが七であることがわかった瞬間、そこにいた客から凄《すさ》まじい歓声が湧き起こった。

閒八・庄九で、「庄」の勝ち。

庄 庄 庄 庄 庄 和 庄
閒 閒
庄

閒　庄

そこから果てしなく「庄」に賭けられたチップへの配当付けが続くことになった。

それをぼんやり眺めながら、僕はようやくあの劉さんのノートに記されていた一行が理解できたように思えた。

いま、僕には波の音が聞こえない。それは僕が波そのものであるからだ。しかし、波であることの、なんという空虚さだろう。宇宙空間に放り出されてしまった飛行士のように、無音で寂しい無重力の世界を漂っている。やがて、ふたたび波の音が聞こえてくるようになるだろう。波でいられるのも束《つか》の間《ま》のことであるはずだ。神か死者以外に、永遠にこの空虚さに耐えることができる者などいるはずがないからだ。

たぶん、劉さんも海のうねりが波になる響きを、その波が砕ける轟《とどろ》きを聞いたのだ。もしかしたら、その響きと轟きは、李蘭と三人で行った黒沙海灘《ハクサーホイタン》の、あの海聴軒という東屋《あずまや》で聞いたものと似ていたかもしれない。そして、ついに、自身が波そのものになる「完璧な刻《とき》」を経験した。

それからの勝負のいくつかは負けることなく当てつづけた。まさに必勝法を手に入れたかのように、完璧に。

だが、それは必勝法ではなかった。それはバカラに執し、淫《いん》した者に訪れた束の間の奇跡の刻、束の間の僥倖《ぎょうこう》の刻にすぎなかったのだ。奇跡は奇跡、僥倖は僥倖に過ぎない。

それはまた、この世に必勝法などというものが存在しないということを劉さんに突き付ける最後通牒《つうちょう》になったのだろう。

あるいは、いつかまた「その刻」が訪れることがあるかもしれない。だからといって、いつ訪れるかわからない「その刻」を待ちつづけることを必勝法と呼ぶわけにはいかない。

劉さんも心のどこかで必勝法など存在しないのではないかと思っていたはずだ。しかし、それを否定し、ねじ伏せながら生きてきた。だが、完璧に当たりつづけるということが単なる奇跡、僥倖にすぎないとしたら……。

波の音が消えるまで

ノートに残されていたあの一行の意味が、いま、わかる。あの一行は必勝法を記したものなどではなかった。

波の音が聞こえているうちがバカラだと言っていたのだ。そこまでは「庄」か「閒」か、勝つか負けるかという勝負が存在した。その音が消え、自身が波になってしまったら、そこでバカラは終わってしまう。

劉さんのバカラへの旅は終わった。

夢に見た必勝法は存在しなかった。あの一行はその絶望の一行であり、哀《かな》しみの一行だったのだ。

バカラの必勝法を求めて生きてきた晩年の劉さんにとって、それが存在しないということは、もう生きている意味もないということだった。李蘭に死を早めてくれるよう頼んだとしても無理のないことだったのだ。劉さんにとっては、もう生きていても死んでも変わりなかっただろうから……。

果てしなく続けられていた「庄」に賭けた客へのチップの配当が終わり、新しい勝負を促す二分計が動きはじめた。

台の周囲は異様に静まり返っている。

客たちが、僕が次にどちらの目に賭けるのかをじっと待っているのがわかった。

僕は劉さんの哀しみを思い、バカラの台に手をついたまま下を向いた。

ふと、眼の端に、隣の老女がそっとハンカチを差し出してくるのが見えた。

気がつくと、僕の顔の下にある緑色のフェルトの布に、いつの間にか黒い染《し》みができていた。

涙をこぼしていたのだ。

僕はこれまで泣いた記憶がない。少なくとも物心がついてからは泣いたことがない。父が死んだときも、母が家を出ていったことを知ったときも涙を流さなかった。僕が初めて流したその涙は、ついに世界を失ったままだった劉さんを悼《いた》む涙であり、もう二度と「完璧な刻」を味わうことができないだろう僕の未来を葬《ほうむ》る涙でもあった。

「多謝」

僕は礼だけ言って、ハンカチを受け取らなかった。

すべてが終わって、劉さんは勝ったまま席を立ったという。初めて大金を握ったままカジノをあとにした。

だが、僕は眼の前に積み上げられた三十万ドル余りのチップを、すべて前に押し出した。それが「庄」だったのか、「閒」であったのか、涙に滲《にじ》んだ眼には定かではなかった……。

終章　門

1

あの日、皇帝娯楽場の地下にあるバカラの台で、一瞬にしてチップのすべてを失った僕は静かに席を立った。隣に坐《すわ》っていた老女が何か声を掛けてくれたが、僕は黙ってうなずくと階段を昇り、外に出た。

すでに夜になっていた。

どこに行く当てもなかったから、一晩中マカオの街を歩きつづけた。

歩いて、歩いているうちに、やがて夜が明けてきた。

僕の足は聖パウロ学院教会に向かっていた。たった一枚だけになってしまった薄い壁の前に続く大階段を昇り、朝焼けの空を眺めたかったのだ。

階段のいちばん上に腰を下ろし、たなびく雲が薄い朱色から黄色に近い色になっていくのをひとり眺めた。

やがて壁の裏で太極拳をする老人たちが現れると、しばらくしてぽつぽつと観光客も姿を現すようになった。

陽が昇り、暑くなる前の、ほんのひとときの心地よい暖かさに包まれ、うとうとしかかった。それも無理はなかった。この二晩というもの、ほとんど眠っていなかったのだ。僕は強く首を振って立ち上がり、階段とは反対の方向に歩きはじめた。

目的の場所があるわけではなかったが、ふと気がつくと、いつしかセミテリオ・デ・サンミゲル、西洋墳場に続く道に出てきていた。

淡い翡翠色《ひすいいろ》の高い壁に沿って歩いていくと、門の前にはいつもと同じ物乞《ものご》いの老女が坐っていた。僕の顔を見ると、必ず手にした碗《わん》を差し出してくる。だが、この日は、チラッと見上げると、つまらなそうに下を向いてしまった。一瞥《いちべつ》しただけで、僕が無一文だということがわかってしまったらしい。

僕は門から礼拝堂の中に入ると、祭壇に向かって並んでいる礼拝用の木のベンチのひとつに腰を下ろした。しばらくはぼんやり祭壇の奥のステンドグラスを眺めていたが、不意に耐えがたい眠気に襲われ、崩れるように横になってしまった。そして、そのまま、夕方まで昏々《こんこん》と眠りつづけた。

あまりにもベンチの幅が狭く、まったく寝返りが打てなかったせいか、起きたときは体の節々が痛かったが、これほどよく眠れたのは久しぶりと思えるほどだった。

喉《のど》が渇き、腹も空《す》いていた。ベンチから体を起こすと、僕はまたカジノ街に向かい、小さな娯楽場のひとつに入って、マフィンのような軽食と水を手に入れた。

こうして、昼間は西洋墳場の礼拝堂で眠り、夜間はカジノ街にあるホテルや娯楽場のカジノを転々として食べ物と飲み物にありつくようになった。西洋墳場の門は、朝に開けられ、夕方には閉められることになっていたからだ。

髭《ひげ》は伸び放題だったし、下着も取り替えていない。顔だけは毎日カジノのトイレで洗ってはいたが、体からは饐《す》えた臭《にお》いを発しているに違いなかった。

しかし、僕は、何も考えることなく、ただ一日一日を、あてどもなく歩き、眠くなったら眠り、手に入れられたところで食べ物を食べ、飲み物を飲むというだけで送っていた。

その僕に、ただひとつ決まってやることがあったとすれば、それは墓の前にたたずんでいる天使のひとりに挨拶《あいさつ》をすることだったろうか。その天使は全身が緑色の苔《こけ》で覆《おお》われている。頬のところにも一筋の涙が流れているように緑色の苔が付着している。

ある日、その前を通り過ぎたとき、ふと李蘭の言葉が甦《よみがえ》った。二人で劉さんの墓に詣《もう》でた際、僕が頬に緑の涙を流しているこの天使の前で足を止めて眺めていると、李蘭が言った。

「劉さんも、その墓の前で長く足を止めていたわ」

そして、そのあとで、こうつぶやいた。

「誰かに似ていたのかしら」

そのとき僕は、劉さんと関係のあった女性に似ているのかもしれないと思ったが、そうではなかったと気がついたのだ。この天使はたぶん、自殺したという娘に似ていたのだ。

もし、そうだとすれば、「この子にだけはいつも挨拶して帰るのさ」と言っていたその挨拶とは、何重にも屈折した内容のものであったことだろう。

この天使が劉さんの娘に似ていたのかどうか本当にはわからない。だが、その日以来、夕方、墓地を出るときに挨拶をしていくようになった。

言葉は掛けなかった。どのような言葉も掛けられなかった。ただ「また明日」とだけ眼で挨拶をして離れるようにしていたのだ。

2

その夜、水坑尾街をどこへ行くともなく歩いていると、すれ違いざまに男から声を掛けられた。

「おや、どこに？」

立ち止まって振り向くと、あの薄毛の中年男が口元に皮肉な笑いを浮かべてこちらを見ている。

「どこでもいいだろ」

僕が自分でびっくりするほど乱暴に言い放つと、薄毛の中年男がむしろ嬉《うれ》しそうに相好《そうごう》を崩して言った。

「どこでもいいだろ。まあ、そのとおりです。あなたがあなたの行きたいところに行く。それを止めることは誰にもできません。でも、お見受けしたところ、別にあなたは行きたいところがあるわけじゃなさそうだ。ただ惰性で歩いている。そうじゃありませんか？」

薄毛の中年男のねっとりした物言いがひどく鬱陶《うっとう》しく感じられ、口を開くのも面倒に思えたが、どうにかひとことだけ言葉を返すことができた。

「何の用だ」

「何の用だ。そうです。私にも用はない。ただあなたがまるで幽体離脱した抜け殻のような歩き方をしているんで、ちょっと気になって声を掛けてみただけです」

「だったら、もういいだろ」

「だったら、もういいだろ。いや、いまのいままで用はなかった。ところが、たったいま、すごく重要な用ができたんです」

くだらないと思いながら、その用とやらを聞いてみたくなった。あるいは、こんな相手とでも喋《しゃべ》ってみたかっただけなのかもしれない。僕はもう何日も、誰とも、ひとことも言葉をかわすことがなくなっていた。

「何だ」

「何だ。いや、とても簡単なことです。ちょっとそこまでご同行願えないでしょうかね」

どこに連れて行こうとしているのかまったくわからなかったが、僕の姿から金目のものは引き出せないということはわかっているはずだ。それでもあえてどこかに連れていこうとしている。時間つぶしに、そのどこかとやらに行ってもいいかなと思った。すべてがもの憂《う》かったが、時間だけは無限にあった。

僕が黙っているのを了解したと受け取ったのか、薄毛の中年男は走ってくるタクシーを摑《つか》まえた。

「さあ、乗ってください」

僕が乗ると、あとから乗り込んできた薄毛の中年男が運転手に行く先を告げた。僕には聞き取れなかったが、タクシーはポルトガル色のまったくない中華風の猥雑《わいざつ》な下町を抜けて、長く高い壁の続く門の前で停まった。

門には、こう記されている。

澳門逸園賽狗會

そこで降りると、薄毛の中年男は門の脇《わき》にあるボックスでチケットを二枚買った。ということは、僕から金をむしり取ろうとするのではなく、逆に僕のために金を使ったということになる。どういうことだろう、と小さな興味が湧《わ》いてきた。

中には、陸上競技場のようなトラックと観客が坐ることのできる階段状のスタンドが設置されている。

そのスタンドに向かいながら、薄毛の中年男は途中にある売店でプログラムのような小冊子を買った。

表紙に描かれた細い顔の犬たちの顔を見て、ここがどういうところか一挙にわかってきた。ここはマカオの有名な博打場《ばくちば》のひとつであるドッグレース場なのだ。

薄毛の中年男は、屋根のついたスタンドの階段を昇りはじめた。

スタンドは閑散としており、観客は数えるほどしかいない。これで商売が成り立つのかと心配になるほどだった。

しかし、僕のその思いを見透かしたように、薄毛の中年男がいつものように先まわりして言った。

「この場内で馬券ならぬ犬券を買う人はあまりいないんです。テレビで中継しているんで、カジノの窓口で買ったり、街の犬券売り場で買ったりするんです。でも、どういうわけか、私はここが好きでしてね。逃げる獲物《えもの》を追って犬たちが虚《むな》しい走りをする。だって、その獲物はこしらえものの偽《にせ》の動物なんですからね。哀れな犬たち。まあ、人間だって、みんな得体の知れないものを追って右往左往しているんでしょうから、あの哀れな犬たちと、たいして変わらないんでしょうけどね。いや、スタート地点とゴール地点がはっきりしているだけ、あの犬たちの方がましと言えるかもしれない」

薄毛の中年男はスタンドの中段の席に腰を下ろした。僕もなんとなくその隣に腰を下ろした。

なにやらアナウンスがあり、男たちに曳《ひ》かれていかにも脚の速そうなグレイハウンド犬が六頭出てきた。陸上競技のトラックより細長く、カーブのきついコースを歩いて半周する。それが競馬のパドックと同じ役目を果たすらしい。

犬たちは一から六までの番号が記されたゼッケンを腹に巻いている。薄毛の中年男が開いて見せてくれた小冊子に眼をやると、犬にはそれぞれ二文字から四文字の大袈《おおげ》裟《さ》な名前がつけられていて、一番は君臨天下、二番は力戦奇兵、三番は天龍星、四番は真心英雄、五番は雷霆、六番は多多健康とある。

「あの六頭の犬のうち、どれが走りそうに見えますか」

薄毛の中年男が歩いている犬たちに眼をやりながら訊《たず》ねてきた。

「わからない」

僕が言うと、薄毛の中年男が小馬鹿《こばか》にしたような口調で言った。

「いいんです、当てずっぽうで。どうせ、素人《しろうと》なんですから」

そう言われて、ぼんやり眺めていた視線を、比較する眼で見つめてみた。すると、三番の漆黒の天龍星と五番の黒と白のぶちの雷霆がいかにも走りそうに思えてきた。

「三番と五番かな」

僕が言うと、薄毛の中年男は嬉しそうに笑って言った。

「ありがたい。これで三番と五番を消せる」

何を言っているのか意味がわからなかった。しかし、薄毛の中年男が立ち上がってスタンドの下にある犬券の売り場に消えたとき、ようやくその意味が理解できた。

バカラにおいて、落ち目の客が賭《か》けた目の逆に張って勝とうとするのと同じく、このレースでも、無一文になった僕が走ると思った犬をはずして考えるということだったのだ。

落ち目の客の逆を行けというのは賭け事の鉄則であるらしい。薄毛の中年男は、僕に犬を見せ、僕が選んだ犬をはずせば勝つ確率が高くなる、と考えたのだ。そこで、偶然会った僕をここまで連れてきた。いや、僕と会ったので、ここに来る気になったのかもしれない。

僕には怒る気力もなかった。

そのまま消えるのかと思っていたが、薄毛の中年男はしばらくしてスタンドに戻ってきた。

「おかげで三点に絞れました」

そう言いながら買った犬券を僕の眼の前でひらひらさせた。

「一―二と一―四と四―六の連勝複式です。もし四―六が来たらかなりの大穴です」

犬たちがスタートゲートに入れられてしばらくすると、コースの内側をウサギのような小動物が凄《すさ》まじい勢いで走りはじめた。ゲートの扉が開けられた犬たちもその小動物を追って疾走しはじめた。しかし、その小動物の走りはあまりにも速く、さすがのグレイハウンドも追いつけない。それもそのはず、小動物は機械で動かされている模型なのだ。それがわかっているのかいないのか、ただ逃げるものを追うという習性によって走っているだけなのか、グレイハウンドは偽の獲物を追いつづけているうちに、第一コーナーに差しかかってきた。

六番、一番、二番、五番、四番、三番という並びだ。

しかし、第二コーナーを廻り、正面のストレートに姿を現したときには、それが四番、六番、一番、二番、五番、三番と変わっていた。

最後の最後に、三番が五番を抜いたが、大勢に影響はなく、四番の真心英雄と六番の多多健康が、一着と二着でゴールを駆け抜けた。

「いいですね、いいですね、四―六。あなたのおかげで大穴を取らせてもらいました」

僕は深い屈辱感を覚えた。

しばらくして、次のレースに出る六頭がコースに出てきた。

「このレースはどうです」

僕が黙っていると、揶揄《やゆ》するような調子で重ねて言った。

「どれが走りそうですか」

僕は相変わらず興味のなさそうなふりをしながら、実は真剣に見ていた。それが僕と薄毛の中年男との戦いになっているような気がしてきたからだ。この薄毛の中年男には負けたくない。カジノですべてを失って以来、何事にもまったく興味を失っていた僕が、本当に久しぶりに集中力を高めて何かを見ている。そのことが、自分でもひどく滑稽《こっけい》に思える。

走る前の犬たちをよく観察したあとで、僕はその六頭のうち、どうにも走りそうもない二頭を除いた四頭の中から、とりわけよさそうな三頭の名を続けざまに挙げた。

「三、四、六」

これで薄毛の中年男はこの三頭を買えなくなってしまった。いかにも駄目そうな残りの三頭から選ばなくてはならないとすれば、今度は絶対に当たり券を手にすることはできないはずだ。

ところが、薄毛の中年男は満面の笑みになり、言った。

「おや、それでは今度はサムチョンチョイを買ってみることにしましょうかね」

「サムチョンチョイ？」

「三重彩。三連勝単式のことですよ」

なるほど当たれば高配当を得られる犬券だ。

「あなたが三番と四番と六番の三頭を消してくれた。三重彩は一番と二番と五番で決まりじゃないですか。あとは並びだけです」

そう言うと、また薄毛の中年男はスタンド下の犬券売り場に降りていった。

戻ってきたときには、本当に三連勝単式の券を手にしていた。

「さっきの大穴を換金し、それを含めて有り金を全部つぎ込みましたよ。五―一―二と五―二―一。五―二―一が来れば大穴です」

僕が目論《もくろ》んだとおり、これで薄毛の中年男は勝ちを失うことになるだろう。有り金をすべてつぎ込んだという犬券はただの紙屑《かみくず》となるはずだ。

スタートの時間が来て、ゲートが開いた。しかし、レースはほとんど瞬間的に終わってしまった。六番が鋭く先行したが、第一コーナーを曲がるところで失速し、まず五番に並ばれ、第二コーナーでは一番にもかわされてしまった。さらに、後方から二番が一気に追い上げてきて、六番ばかりか一番も追い抜き、五番に迫った。

薄毛の中年男は立ち上がり、右手に持っていた犬券を打ち振りながら、頭の先から突き抜けるような高音で奇声を上げた。

「ホウ、ホウ、ホウ」

犬たちはスタンド正面の直線コースを五番、二番、一番の並びで走りつづけ、そのままゴールを駆け抜けた。

「これは凄《すご》い！　大穴だ！　いや、穴どころじゃない。山だ、大山だ！」

薄毛の中年男は立ち上がったまま、椅子《いす》に坐ることなく、そのまま跳びはねるような歩き方でスタンド下の犬券売り場に降りていった。

ひとり残された僕は茫然《ぼうぜん》と、場内の巨大モニターに映し出されているレースの再現映像を眺めていた。

僕が選んだ三頭は見事に四着と五着と六着に沈んでいた。

クックックッと笑いが込み上げてくる。すべてが僕から逃れ去った、と思った。金も、物も、人も、勝負の勘も……。

しばらくして、薄毛の中年男が戻ってきて、僕の鼻先に分厚い財布を見せて言った。

「おかげで、こんなになりましたよ」

どう反応したらいいのかわからず、ただ苦笑するしかなかった。

「行きましょうか」

まだレースは残っているが、いいのだろうか。

僕が何も口に出していないのに、薄毛の中年男はいつものように読心術の達人ででもあるかのように、ひとりでうなずきながら言った。

「いいんです。これ以上は勝てません。あなたから負のオーラが消えている。もうあなたが負け犬を見つけだすことはできないでしょう」

僕は勝ち犬ではなく負け犬を見つけださせるためだけに連れてこられたらしい。

「お礼に、食事でも御馳走《ごちそう》させてもらいますよ」

僕が黙ったまま薄毛の中年男の顔を見ていると、さらに押し付けがましく言った。

「しばらくまともに食事もしてないんでしょ、あれ以来」

「あれ以来？」

あれというのがいつのことを指しているのかわからず、訊《き》き返した。

「そう、あれ以来」

薄毛の中年男は、「あれ」というところに、いかにも意味ありげなアクセントを置いて言った。

どうやら、僕が皇帝娯楽場、エンペラーカジノですべてを失ったときのことを指しているらしい。

「どうして……」

「知っているのか？　私はなんでも知っているんです」

「まあ、あのことは、私でなくても、マカオの、ちょっと耳のいい人物なら誰でも知っているでしょうけどね」

「…………」

僕は黙って薄毛の中年男の顔を見た。

「たった五十ドルから五十万ドルまで勝ち上がった客が、最後の一勝負でその五十万ドルを失ってしまった。百万ドルになろうかという寸前にね」

あのとき、最後のあの勝負のとき、僕の手元に五十万ドルはなかった。だが、そのようにして話は大きくなっていくのだろう。

「いえ、五十万ドルを一勝負で失うことなんて、マカオじゃ少しも珍しくはない。それが百万ドルでも二百万ドルでも、誰も驚きはしない。しかし、あなたの五十万ドルは普通の五十万ドルとは質が違っていた。五十ドルから営々と賭けていき、最後の段階では一度も負けることなく五十万ドルに到達した。誰もがそこで止《や》めると思っていた。ところが、その五十万ドルを間に賭けた。しかも、それまでは自信満々に賭けていたあなたが、最後の最後になってその五十万ドルを庄に賭け変えてしまった。あなたに追随していた他の客たちはパニックに陥ったが、どうしようもないまま賭けは締め切られてしまった。その結果は、閒の勝ちでした。あなたもチップをそのまま閒に置いておけば百万ドルが手に入ったのに、みすみすべてを失ってしまった。まるでドブに捨てるように。どうしてなんです。どうして閒から庄に賭け変えてしまったんです」

あのとき、手元にあったチップをすべて前に押し出したとき、僕に不思議なことが起こったのだ。

ハンカチを貸してくれようとした隣の老女が、僕に何事か囁《ささや》いた。中国語だったのでわからないが、泣かないで、と言っているような気がした。

——泣かないで。

それを耳にしたとき、遠い昔、同じような老女から、同じような言葉を、同じように聞かされたことがあるという記憶がふっと甦ってきた。

ふくよかな顔立ちの老女がよくわからない言葉を幼い僕に言っている……。

そうだ。幼い僕が眼を覚ますと、暗い中にひとりで寝ていた。いつもなら、隣に母が寝ているはずなのに、誰もいない。誰かを求めて起き上がり、扉のありそうな方に向かうと、外からの微《かす》かな光で白い襖《ふすま》が見えた。それについている丸い取っ手を引き開けて外に出ようとすると、そこには布団《ふとん》のようなものが重ねられている。押し入れだったのだ。僕は方向を変え、よちよちと歩いていくと、また襖にぶつかった。取っ手を引き開けると、今度はまた広い畳の部屋がある。そこを突っ切っていくと、また襖があり、引き開けるとそこは押し入れだった。

たぶん、それは広大な屋敷だったのだろう。僕は途方に暮れ、ついに声を上げて泣きはじめる。そうだ、あのときも僕は泣いたのだ。

しばらくして、老女が部屋に来て、明かりをつけてくれる。そして、胸に抱き寄せ、よくわからない言葉で慰めてくれる。

──かわいそうに、いい子だから、泣かないで。

そのような意味のことだったと思う。

あれはどこで、その老女は誰だったのだろう。直後に、父がやって来て、老女の手から僕を受け取ると、抱き上げてくれた……。

そうだ、僕にまったく関心がなかったと思っていたが、あのとき父は間違いなく、僕を抱き寄せ、その老女と同じようによくわからない言葉で僕をあやしてくれた。

そこに母はいなかった。

老女は僕の父方の祖母だったのだろうか。

いや、違う。幼い僕にも二人が親子というような関係でないことは感じ取れていたように思う。微かな記憶を掘り起こしてみると、そこには主従関係のような距離感があった。主はどこか威厳のある老女であり、従が僕の父だ。思い返せば、父はその老女を深く敬っているような感じがあった。

それにしても、父は僕と二人でどこかを旅したことがあったのだ。いつも僕と母を残し、ひとりで電車を求めて旅をしているだけだったと思っていたが、少なくとも一度は僕をどこか遠くに連れていってくれたことがあったのだ。

あれはどこだったのだろう。小学生の頃、母の田舎の山陰には毎年夏休みに訪れていたが、父の故郷にはただの一度も行ったことがない。両親は亡《な》くなり、親類もいなくなってしまったからだと、母からは聞かされていた。しかし、あれが父の生まれ故郷だったのではないだろうか。

父には僕たちに話せない秘密があったのかもしれない。別のところに構えていたもうひとつの家族のこととは異なる秘密だ。もしかしたら、その秘密が、もうひとつの家族を持たせることになったのかもしれない……。

その父がバカラに淫《いん》したという。あの緑のフェルトが敷き詰められたバカラの台、そう、緑の海に溺《おぼ》れたのだ、と。

父の最後の勝負は有り金をつぎ込んでのワン・ショット、一発勝負だったのだろう。

「庄」か「閒」のどちらかにすべてを賭け、すべてを失った。

劉さんは一千五百万円近い金を手に入れた瞬間、ふたたび波の音が聞こえるようになったという。波になる、つまりその一坪の緑の海で神になれた刻《とき》は終わった。その刻は、完璧《かんぺき》なものではあったが、束《つか》の間《ま》のものでもあった。それは偶然を打ち破る必然によってもたらされたものではなかった。劉さんには、その刻が自分に二度と訪れるものでないことはわかっていたのだろう。なぜなら、その刻の訪れもまた、もうひとつの偶然にすぎないことがわかっていたから。

林康龍は、バカラの必勝法を求めることを「銀河を泳いで渡るようなものだ」と言っていた。

劉さんは銀河を渡ったのか。たぶん、渡り切った。しかし、その最初で最後の渡河は、バカラに必勝法などというものが存在しないことを理解させるだけのものにすぎなかった。

僕は、ついに世界を取り戻すことができないと悟った劉さんの悲しみを思い、秘密を抱えながら一発勝負に追い込まれた父の絶望を思い、もういちど涙をこぼした。この緑の海ではついに望むものを手に入れられなかった二人のために。

勝負の時間を告げる二分計がゼロを示し、ディーラーが卓上のベルを鳴らそうと手を掛けた瞬間、僕は自分が「閒」に賭けていたことに気がついた。

眼を閉じて耳を澄ませた。しかし、波の音はまったく聞こえてこない。僕は依然として波そのものであるらしい。

〈次は……閒だ〉

これでは勝ってしまう。

劉さんは銀河を渡った。あちらの岸に渡った劉さんには、こちらの岸に戻ってくる方法がなかった。いや、もう、戻る必要がなくなっていた。

しかし、僕はあちらの岸に渡るわけにはいかない。なぜなら……そう、なぜなら、まだ僕はこちらの岸に戻りたいと思っているから……。

〈銀河は渡ってはならない！〉

僕はふたたび手を伸ばすと、「閒」に賭けたチップを、すべて「庄」に賭け直したのだ。

薄毛の中年男はドッグレース場を出ると、門の前からタクシーを拾った。

やはり、今度も薄毛の中年男がタクシーの運転手に告げた行く先はわからなかったが、ワン・メーターの距離だったからあまり遠くには行っていないはずだった。

降りたところは、なんとなく東南アジアからの移住者が多く住む三盞燈《サームチャンタン》という街の近くのような気がした。

でも、どうでもいい。どこにでも連れて行ってくれ。僕は投げやりな気持で薄毛の中年男のあとに従って歩いた。

細い路地の奥の、暗い入り口から二階に上がっていった。

肉を焼く香ばしい匂《にお》いが奥の調理場から漂ってくる。注文を取りに来た女性は、やはり中国人ではなく、フィリピンかインドネシアの出身と思われるような皮膚の色をしていた。

運ばれてきたのはサンミゲルの瓶ビールだった。僕は薄毛の中年男につがれたグラスを口に運んだ。

久しぶりの酒が体に沁《し》みる。ビールなど酒のうちに入らない、と巨匠はよく言っていた。しかし、この日のビールは、久しぶりだったこともあったのだろう、アルコールが体にまわるのがとりわけ早いように感じられた。

出てきた皿には、中国料理とは異なる調理をされた臓物がのっていた。青トウガラシと炒《いた》めたものや、血で煮込んだスープ状のものなど、臓物料理ばかりが次々と出てきた。何日も何日も小さなサンドイッチや甘いだけのマフィンでどうにか腹を満たしてきた僕にとって、その臓物料理は久しぶりに食べることのできた食べ物らしい食べ物だった。

酒はビールから白酒になったが、それもまた、薄毛の中年男につがれるままに飲みつづけた。

「チェンさんは死にました」

薄毛の中年男が唐突に話し出した。

「チェンさん？」

「香港の黒社会の親分、あなたが愛人を盗んだ相手ですよ」

その男が死んだことは李蘭から聞かされていた。

「チェンという名前なのか……」

僕がつぶやくと、薄毛の中年男は空に字を書くように右手の人差し指を大きく動かしながら言った。

「陳一光、無残な殺され方でした」

チェン・イーグァン、と僕は口の中で薄毛の中年男の発音をなぞった。

「大陸のマフィアとの縄張り争いに巻き込まれたあげくということになっていますが、とても、とても、そんな単純な話じゃない。あなたを痛めつけるだけで手を引いておけば、林康龍にほんのちょっと眼をつけられるだけで済んでいたのに、そのあとでまた自動車事故に見せかけて殺そうとした。しかも、殺そうとしたのはあなただけじゃない。あのトリックスターの老人まで巻き込んでしまった。どういう因縁があったかは知りませんが、あの老人は林康龍の大切な賓客だったらしい。林康龍を本気で怒らせてしまった」

この男は、陳というマフィアのボスを殺したのは林康龍だったと言いたいらしい。だが、酔った頭では、そのことの当否の判断がつかない。

「そろそろ河岸《かし》を変えましょうか」

薄毛の中年男が言った。何がそろそろで、どうして河岸を変えなくてはならないのかよくわからない。しかし、なぜ、と訊くのも面倒だ。僕は立ち上がり、階段を降りていく薄毛の中年男のあとに黙って従った。

細い路地を出て、また別の細い路地に入り、こんどは地下に続く階段を降りていく。重そうな黒塗りの金属の扉の前に立つと、中から誰かが覗《のぞ》いているような気配がした。

しばらくして、扉が開き、その前に立っていたやはりこれも東南アジア系と思われる皮膚の浅黒い男が、入れというように体を開いた。薄毛の中年男がひとこと何か言うと、男が黙って小部屋に案内してくれた。

低いテーブルの前に、その部屋の狭さに似合わない立派なソファーが二つ置かれている。

「酒はどうします、と訊かなくてはならないんでしょうけど、金のあるときには、私はポルトを飲むことに決めているんです」

「ポルト？」

「日本ではポートワインと呼ばれていますけど、ただ甘いだけのワインのことをそう呼んだりしていますよね。でも、本物のポルトはポルトガルのポルトから出荷されるワインだけです」

そういえば、マカオはポルトガルの租借地だ。あと一年半の運命だが、ポルトガルからの酒は安く入るのかもしれない。ほとんど意味のないことをぼんやり考えていると、薄毛の中年男が意外にも自分のことを話しはじめた。

「私はこんな顔をしていますから、小さい頃から合いの子、合いの子と呼ばれていました。ところが、私の父親も母親もまじりっけなしの日本人でした。二人とも背が低かったところだけ遺伝して、こんな顔なのにもかかわらずチビのまま大きくならなかった。最悪でした。チビの合いの子とますます馬鹿にされ、からかわれ、笑い者にされました。だから、早くに日本を出て、アジアのいろいろな国を転々としました。そのうち、このマカオに辿《たど》り着いて、驚きました。ポルトを飲んだとき、私の血がざわざわと騒ぎだしたんです。私はこのポルトという酒は初めてでしたが、私の血は覚えていたらしい。私の血には、いつの頃にか混じったポルトガル人の血が流れているのではないか。そう思うようになったんです。ポルトというのは凄い酒で、百年前からのビンテージワインがきちんと残っている。この一世紀くらいならどんな年号の酒も手に入るんです。だから、少々値段は張りますが、金のあるときは、自分の生まれた年に造られたビンテージのポルトを飲むことにしてるんです。自分と同じ歳月を経てきたワインをね」

しばらくして、扉の前に立っていた男が黒いワインボトルとグラス、それにチョコレートの入った透明なガラス容器を持って入ってきた。

「さあ、飲みましょう」

そう言いながら薄毛の中年男はボトルを片手で摑み、僕の前のグラスにたっぷりとついでくれた。赤ワインだが、褐色味を帯びている。そのグラスを口元に近づけると、いままでかいだことのないような深い香りがした。

ひとくち含んだ。すると、乾《ほ》した果実が持っているような複雑な甘みと酸味が口いっぱいに広がった。

〈これがポルトという酒なのか。この男の年齢と同じだけの年月を経たという……〉

グラスを飲みほすと、薄毛の中年男がまたついでくれた。

この酒には、確かにチョコレートが合うような気がする。僕は滅多に自分から食べることのないチョコレートに手を伸ばした。

銀色の包み紙をはがすと、無骨なかたちのチョコレートが出てきた。

僕がそのチョコレートのかたちをなんとなく眺めていると、薄毛の中年男が言った。

「それはここの手作りのチョコレートなんですよ」

その言葉に促されるようにして口の中に放り込んだ。

ひとくち、ふたくち嚙《か》むと、チョコレートの苦さとは別種の強烈な苦さが口の中に広がった。一瞬、吐き出そうかなと思ったが、なんとか我慢して吞《の》み込んだ。

その姿を見ていた薄毛の中年男は、面白そうに言った。

「ああ、それにはドラッグが練り込まれています。二、三粒で充分トリップできます」

僕はさらに酔いがまわりはじめたように思えてきた。

「そろそろ女でも呼びましょうか」

薄毛の中年男が言った。

「ここでは何をしてもいいことになっています。どんなプレイをしようとかまわない。3Pでも4Pでも、もしSがお好きなら、相手を殺さないかぎり、どんなに痛めつけても途中で止められることはない。いや、万一、殺してしまっても、金さえ充分に払えばそれなりに処分してくれることになっています。どうです、どんな女がいいですか」

僕はなんとなく気分が悪くなって言った。

「女はいい」

「女はいい。色男の台詞《せりふ》は違いますね。女はいい」

「…………」

「私も実は女はどうでもいい。女は面倒なだけで、気持が悪いだけですからね。それじゃあ、男を呼びますか」

「馬鹿な」

「馬鹿な。やっぱり、リンリンが忘れられませんか」

「リンリン？」

「王へんに林と書いて琳琳。そうでした、アイリーンとも言いましたっけ」

アイリーンの中国名は琳琳と言うのか。僕は口の中でリンリン、リンリンとつぶやいていた。

すると、薄毛の中年男が妙にしんみりした口調で言った。

「あのお嬢さんも、死にました」

ぼんやりしはじめた僕の頭では、薄毛の中年男の言っていることがよくわからなかった。

「死んだ？」

「死にました」

「誰が？」

「琳琳さんです」

「アイリーンが死んだ？」

「ええ」

この男は何を言い出すのだろう。僕の頭が酔いでうまく回転しないだけなのかもしれない。

僕は何度か頭を振ってから言った。

「嘘《うそ》だ」

「おや、どうしてそんなことを言うんです。私が嘘をつくように見えますか」

そうだった。この薄毛の中年男は、体にまとわりついてくるような気持の悪い話し方をするが、これまで僕に嘘をついたことはない。

「おまえが嘘つきかどうかは知らない。だけど、アイリーンは生きている」

「だけど、アイリーンは生きている。これはまた妙なことをおっしゃる」

「ついこのあいだ、リスボアでバカラをやっているところを見た」

「ほう。このあいだというのは、いつのことです」

あれはいつのことだったろう。李蘭と別れてしばらくしてのことだったから……。

「四月の……下旬だ」

「おやおや、あなたはどうやら浦島太郎になりかけているらしい。四月の下旬なら、もう二カ月も経《た》っている。ついこのあいだというのなら、せいぜい二、三週間前くらいまでにしてください」

「四月下旬から二カ月も経っている？」

僕は驚いて声を上げた。

「ええ、今日は六月三十日、間違いなく二カ月は過ぎています」

「今日が六月三十日……」

僕は口に出してつぶやいた。

〈あれから……僕がマカオに来て初めてバカラをやってから、もう一年が経つというのか……〉

僕が茫然としていると、薄毛の中年男が言った。

「そんなはずはありませんね」

「そんなはずはない？」

「あのお嬢さんを二カ月前に見たということです」

「間違いなく、リスボアのカジノで見かけた」

「ありえません」

「本当だ」

「あのお嬢さんは、去年、死んでいるからです」

「去年？」

「ええ、あなたたちを海に沈めるのに失敗したあと、どうしても腹の虫のおさまらない陳さんによって、海に沈められてしまいました」

「そんなはずはない」

「そんなはずはない。どんなはずなんです」

「いまも元気でバカラをやっている」

「そんなことはありません。琳琳さんは、あのことがあった直後にお亡くなりになりました」

「嘘だ」

「あのお嬢さんは、陳さんに、具体的には陳さんの部下の手によって殺されました。あなたのかわりに海に投げ込まれたんです。今頃は、骨となってマカオの沖のどこかに沈んでいるでしょう」

「何を言ってるんだ」

僕は声を荒らげた。

「何を言ってるんだ。本当のことを言ってるんです。あのお嬢さんも、あなたと知り合わなければ、あんなことにはならなかったのに、かわいそうに」

「アイリーンは生きてる！」

「アイリーンは生きてる。ご冗談でしょう。死にました。あなたが殺したようなものです」

「俺は一カ月前だか二カ月前だかわからないが、確かにアイリーンと会った。頬から首にかけて火傷《やけど》のような痕《あと》はあったけど、以前と同じようにバカラをしていた」

僕が言うと、薄毛の中年男は少し意外そうに訊き返してきた。

「火傷の痕があった？」

「手形のような大きさの小豆色《あずきいろ》の痕がべったりとついていた」

「どうして、それを知っているんです？」

「会ったからだ」

「会ったからだ。そんなはずはありません。あのお嬢さんはとっくに死んでいるんですから。でも、妙な話ですよね。確かにあのお嬢さんは顔に火傷の痕がある。最初は陳さんも顔にバーナーを当てるだけで我慢しようと思っていたんです。でも、交通事故に見せかけた殺しが失敗すると、腹立ちまぎれに琳琳さんを殺してしまった」

「アイリーンは生きている」

「アイリーンは生きている。いや、残念ながら琳琳さんはお亡くなりになっています」

「おまえは嘘をついている」

「おまえは嘘をついている。なるほど、あなたは信じたくないようだ。信じる信じないは自由ですが、あなたが人を殺したのは間違いない」

「俺は殺してない」

「手を下さなくても、同じことです」

「違う」

「あなたがあのお嬢さんに手を出さなければ、あのお嬢さんだって死ぬことはなかっただろうし、陳さんだって殺されることはなかった。みんなあなたのせいなんですよ」

「違う」

「人殺し！」

「違う」

「サッチョウヤン！」

それが中国語で人殺しという言葉なのだろうということは理解できた。すると、腹の底からの怒りが湧《わ》いてきた。

「違う！」

僕はテーブルを挟んで反対側のソファーに坐《すわ》っている薄毛の中年男に飛びかかっていくと、胸倉《むなぐら》を摑《つか》んだ。チョコレートの入ったガラス容器が床に落ちて転がり、ワイングラスが割れる音がしたが、構わずシャツの襟を喉元《のどもと》まで引き上げ、絞め付けた。苦しいはずなのに、薄毛の中年男は依然としてへらへらとした笑いを浮かべている。

僕はカッとし、さらに強く首を絞め上げると、そのままソファーの上に押し倒し、馬乗りになった。

次の瞬間、へらへら笑っていた薄毛の中年男が、苦しげに顔を歪《ゆが》めると、僕の手を首からはずそうとした。だが、僕は怒りに任せて絞めつづけた……。

不意に、薄毛の中年男がぐったりとして抵抗を止めた。僕は驚いて手を緩めた。

「おい！」

僕は首から手を離すと、薄毛の中年男の頬を平手で軽く張った。

しかし、まったく反応がない。見開いたままの眼もまったく動かない。

〈まるで死んだようだ……〉

そう思って、愕然《がくぜん》とした。僕はこの男を殺してしまったのだろうか。怒りに任せて、喉を絞め、殺してしまったのだろうか。

〈そんなはずはない……〉

僕は訳がわからなくなり、馬乗りになった薄毛の中年男の体から降りると、ふらつく足でその部屋を出た。店の中には誰もおらず、僕は自分で外に続く扉を開けた。そして、一段一段、重い足を引きずるようにして階段を昇った……。

3

……夢を見ていたのかもしれない。

寝返りを打とうとして、体の向きを変えた瞬間、狭い木のベンチから落ちそうになり、慌《あわ》てて床に手をついた。

僕は西洋墳場の礼拝堂で寝ていたのだ。

危うく転げ落ちるのを防いだ僕は、ベンチから体を起こして坐り直した。

頭が痛い。脳内を駆け巡る血液の流れがはっきり感じ取れるほどずきずきする。

いままで僕は夢を見ていたのだろうか。もし、それが夢だとするなら、いつからいつまでが現実で、どこからどこまでが夢なのだろう。

僕が薄毛の中年男を殺してしまったというのは現実だったのだろうか。それとも夢だったのだろうか。

だが、夢にしては、あのぶよぶよの肉のついた首を絞め上げたときの感触が手のひらにはっきりと残っている。

手のひらをじっと見ると、薄毛の中年男の首元の脂《あぶら》のようなものがべっとりとこびりついていそうな気もする。
僕も劉さんと同じ疵《きず》を持つことになったのだろうか。李蘭と同じ痕《あと》を持つことにな
ったのだろうか。人を殺すことで刻印される見えない疵痕を。
いや、あれはやはり夢の中でのことだ。アイリーンは死んでいない。なぜなら、僕
だけでなく李蘭も見ているからだ。
「たぶん、しばらくいれば、カジノで会えるわ」
李蘭はこの西洋墳場でそう言ったはずだ。
しかし、僕がアイリーンを見かけることができたのがあの一夜だけだったのは何故《なぜ》
なのだろう……。
あの一夜のことだけでなく、この一年のすべての出来事が曖昧《あいまい》にぼやけ、にじみ、
消えていってしまうような気がする。
僕は劉さんの朝鮮名も日本での通名も知らなければ、李蘭の本当の名前も姓も知ら
ない。名前だけではない。劉さんが語ってくれた人生も、李蘭が話してくれた過去も、
どこからどこまでが本当のことだったのか、疑い出せばすべてが揺らいでくるように
思われる。そう言えば、李蘭はあまりにも日本語が上手すぎた。本当に福建省出身の
中国人だったのだろうか……。

祭壇の奥からはステンドグラスを通して光が差し込んでくる。

僕は眩《まぶ》しいほどのステンドグラスに眼をやり、そこに描かれているイエスやマリアや聖人たちを眺めた。

ここで祈りを捧《ささ》げる人たちは、このステンドグラスを見てどのようなことを思うのだろう。いや、どのようなことを思えというのだろう。

ふと、気がつくと、背後の開け放たれた扉から誰かが入ってくる気配がする。そして、靴音が止まり、通路を挟んだ反対側のベンチに坐った。

せっかくひとりで静かにいられたのに、と迷惑に思いかけたが、ここは僕だけのための場所ではないことは歴然としていた。ここを祈りの場にしている人もいるだろうし、遺族の墓参りに来た人もいるだろう。気配で女性のように感じられるが、この人もひとりで祈りたかったたかもしれない。

場を譲ろう。そう思いながら、もう一度、ステンドグラスのイエスを見た。

〈彼は一度も罪を犯さなかったのだろうか……〉

いや、無数の罪を犯したはずだ。自分が生まれたことによって他の赤ん坊の多くの命を失わせ、彼の教えを信じ通すことで多くの命が奪われ、また多くの命を奪わせることになった。そこには自分ひとりの命では贖《あがな》い切れないほどの罪が存在している。彼は、いま、どこにいるのだろう。どこにいて、どのように、僕たちを眺めているのだろう……。

そのとき、不意に背後から声が聞こえた。

「行きましょう」

日本語だった。

振り返ってみなくても、それが誰の声かということはすぐわかった。

村田明美の声だった。

不思議だった。不思議だったのはこんなところに日本にいるはずの村田明美が来ているということではなく、そのことをまったく不思議と思っていない自分が不思議だったのだ。

それにしても、僕がここにいるのがどうしてわかったのだろう。そう思いかけて、いつだったか村田明美とマカオについて話したことがあるのを思い出した。マカオをどうしても好きになれないという村田明美に、どこかいい場所はあるかと訊《たず》ねられ、この墓地のことを口に出したことがあった。そこにいるとなんだか気持が休まるような気がするんだ、と。村田明美はそのときのことを覚えていたのだ。

「行きましょう」

もういちど村田明美が繰り返した。

「何処《どこ》へ？」

僕が前を向いたまま訊ねると、背後で村田明美が答えた。

「ここではないところ」

そして、クスッと笑うと、一音ずつ区切るように発音して付け加えた。

「イ、ズ、コ、へ、ではなくて、イ、ズ、コ、カ、ヘ」

僕は立ち上がり、振り向くと村田明美の方に歩いていった。村田明美も立ち上がり、僕と肩を並べるようにして歩きはじめた。
二、三歩進むと、村田明美が悪戯《いたずら》っぽく笑った。
「わたしたち、バージンロードを反対に歩いているんですね」

ここで結婚式が行われるとは思えなかったが、礼拝堂の中央の通路を祭壇とは逆に歩いていることには違いなかった。

「向きを変えるかい」

僕が言うと、村田明美がはっきりとした口調で言った。

「いえ、まずここを出ましょう」

僕たちはステンドグラスに描かれたイエスやマリアや聖人たちに背を向け、その礼拝堂から物乞《ものご》いの老女の坐っている門に向かって階段を降りていった。

読者へ

◆これはフィクションです。登場してくる団体や人物に特定のモデルは存在しません。

◆ただし、マカオのバカラについては、時代として設定されている一九九七年から九八年当時のルールにできるだけ近づけてあります。たとえば、「和〈タイ〉」になると賭《か》けたチップを取り下げられないというのは、アメリカ資本が進出している現在では撤廃されていますが、当時においてはマカオのカジノにおける重要なローカル・ルールのひとつでした。

◆また、香港ドルと日本円の為替レートは、その日、その月によって上下していますが、便宜上、一香港ドルを十五円強ということで統一してあります。

◆この作品の完成までには多くの方の力をお借りしています。ただし、そのお名前をここに記すことは、かえって迷惑になるかも知れず、あえて伏せさせていただくことにします。しかし、その方たちへの謝辞をここで述べることをお許しください。

ありがとうございました。

著者

解説　自由と孤独

松浦寿輝

バカラ賭博《とばく》とサーフィンの物語である。

さて、わたしはバカラ賭博もサーフィンも一度もやったことがないし、そのどちらともまったく無縁なまま人生を終えるのはほぼ確実な、そんな男である。にもかかわらず——だからこそ、と言うべきなのかもしれない——わたしはこの物語を心の底から堪能《たんのう》し、いくつかの箇所では体が釣り上げられるような興奮を覚え、その興奮がゆっくりと鎮静してゆく快さの中で物語を読み終え、最後のページを閉じた後に深い満足感が残った。

「体が釣り上げられるような」というのは、知る人ぞ知る、最上の冒険小説がクライマックスにさしかかるときに読者が必ず味わうあの一種特別な感覚で、アリステア・マクリーン、ギャビン・ライアル、ディック・フランシスなどが物した傑作群の中で、わたしたちはそんな高揚感をしばしば体験してきたものだ。『波の音が消えるまで』

の場合で言えば、物語が九割がた進行した時点——主人公にして語り手の「僕」が、とうとう一文無しになり、マカオのホテルのカジノから追い払われ、香港《ホンコン》行きの水中翼船が発着するフェリー・ターミナルに強制的に連れていかれるあたりから、それが始まると言ってよい。

これから読む読者の楽しみを奪わないために詳しくは書かないが、「僕」はその埠《ふ》頭《とう》で、カジノの顔役から恵んでもらった香港発成田行きの航空券をためらいもなく破り捨て、ささやかな身の回り品を詰めたバッグを海に向かって放り投げ（その中にはパスポートも入っている）、すなわち退路のいっさいをみずから絶ち、なけなしの五十ドル札一枚だけをジーンズの尻《しり》ポケットに突っ込んで、決然とカジノへ戻ってゆくのだ。その後に彼が打って出る白熱した最後の賭《か》けの帰趨《きすう》を、読者にじっくりと楽しんでいただきたい。

これからこの物語の世界に入っていこうとしている読者にわたしがひとこと忠告しておきたいのは、最初のうちやや煩瑣《はんさ》に感じられるかもしれないバカラの描写を、決していい加減に飛ばし読みせず、そのつどじっくりと付き合いながら読み進めていってほしいということだ。そうでないと、五十香港ドル、すなわち日本円にしてほんの七百五十円ほどのはした金を元手に、「僕」が乾坤一擲《けんこんいってき》の勝負に出る最後のクライマックスで、「体が釣り上げられるような」あの感覚を味わうことは決してできないまま巻を閉じる羽目になってしまうだろう。

バカラは丁半賭博にも似た非常に単純なゲームで、「庄」（バンカーの勝ち）に賭けるか、「閒」（プレイヤーの勝ち）に賭けるか、選択肢はつまるところその二つしかない。「庄」か「閒」か、勝ったり負けたり、負けたり勝ったり、単調と言えば単調なその転変が、ただひたすら蜿蜒《えんえん》と続いてゆく。ところが、バカラにはまってしまった「僕」にとってはそれがまったく単調ではない。ほんの一日か二日の香港滞在のつもりだったのに、ずるずるとマカオのホテルに居座り、日本へ帰る意思を徐々に失っていったこの青年にとって、毎日毎日、バカラ台の前で過ごす数時間、十数時間は、静かな熱狂が果てしなく持続する充実しきった時間なのである。しかも、日々が過ぎ月がめぐってゆくにつれ、「僕」は何か深い海の中にどんどん潜ってゆくように、この単純きわまる賭博遊戯の奥深い魅力——魔力と言うべきか——にいよいよ雁字《がんじ》搦《がら》めに囚《とら》われてゆく。最後の賭けのシーンで、ついに果ての果てまで歩き通した「僕」はバカラの真実に到達するのだが、数百ページかけてゆっくりと進行するこの「僕」のデスペレートな変容を間近から追体験していった読者にしか、この瞬間の興奮を完全に堪能することはできまい。

果ての果てまで、と言った。これは、この作品が単行本として上梓《じょうし》された当時、いくつかのインタビューで著者の沢木耕太郎が繰り返し語っていた言葉である。自分には「果ての果てまで」行ってみたいという欲求がある、この小説ではその「果ての果て」の光景を、自分の代わりに主人公の伊津航平《いづこうへい》に見てきてもらった、というのである。

たしかに沢木耕太郎は、「果ての果てまで」に憑《つ》かれた書き手である。『テロルの決算』も『一瞬の夏』も、果ての果てまで行ってしまった男たちの物語ではなかったか。『深夜特急』は、ユーラシア大陸の果ての果てまで行き着こうとした若者の旅の記録ではなかったか。本書『波の音が消えるまで』は、バカラというあまりにも単純なゲームの勝ち負けの秘密を見透したいと熱望し、絶望と背中合わせになったその熱望の、果ての果てまで行こうとした青年の物語なのである。その行程が、破滅の坂を転がり落ちてゆく自己破壊の行為と紙一重であることは言うまでもない。

それだけでも興趣は尽きないのだが、沢木氏はバカラをめぐるこの熱望／絶望に、もう一つの熱望／絶望、すなわち十数メートルもの高さで押し寄せてくる「ビッグウエーブ」に乗ろうとするサーファーのそれを重ね合わせるという趣向を凝らしてみせた。これをエンターテインメントと呼ぶなら、サーヴィス過剰とも言うべきまことに贅沢《ぜいたく》な娯楽小説ではある。主人公の「僕」はもともとサーフィンという、これもまた単純と言えば極度に単純、無意味と言えば完全に無意味な遊戯に入れ揚げていた男だった。それがふとした偶然のきっかけからバカラに取り憑かれてしまうのだが、この物語のある時点で、緑色のフェルトの布が敷き詰められたバカラの台が、彼の目にまるで緑色の海のように映る瞬間が訪れるのだ。実際、「庄」か「閒」か、目の出かたを記録した表をよくよく見つめていると、その「絵柄」が岸辺に打ち寄せてくる波のように見えてくるではないか。

・

「バカラの台が海だとすると、八組四百十六枚のカードが海の水です。そのカードによって目が生まれ、目が組み合わさって波ができる。[…]」

「しかしそれがどんなかたちの波になるかは、砕け散ってしまわなければわからない」

「そうなんです。大きい波か、小さい波か。それが乗れる波なのか、乗ることのできない波なのか……」

「波か……」

劉さんは指に煙草を挟んだまま、それを口に運びもせず、彫像のように動かなく

なった。(「第2部　雷鳴編」二六三―二六四ページ)

この「劉さん」という謎《なぞ》めいた老人は、やがて「僕」を「果ての果てまで」導いてゆく師《メンター》の役割を演じる人物なのだが、黒社会とも関わりがあり暗い過去の記憶を背負ったこの老人の人間像は陰翳《いんえい》に富み、実に魅力的だ。もしバカラがサーフィンだとした場合、この老人が「僕」に差し向ける、「おまえは流れに身を任せられない。[…]それは……たぶん、おまえが臆病《おくびょう》だからだ」「おまえは不可知なものに身を委《ゆだ》ねることができない」という冷酷な批評が、改めて「僕」の皮膚のいちばん柔らかな箇所にぐさりと突き刺さってくることになる。

思えば、かつてハワイのオアフ島のノースショアーで、その到来を待望しながらいざそれが来たとき乗ろうとして乗り切れなかった「ビッグウェーブ」もまた、その「不可知なもの」の一つだったのではないか。あのときそれに身を委ね切れずに終わった「僕」は、バカラを通じて今度こそ自分の臆病を克服しおおせるのか。かくして「僕」の中で、サーファーとしての究極の野望とバカラの必勝法の発見という不可能事への挑戦とが、おのずと一つに重なり合ってゆく。

では、彼が、そして彼以前には「劉さん」が、とうとう辿《たど》り着いた「果ての果て」

とはどんな場所なのか。それを示唆《しさ》する呪文《じゅもん》のような言葉こそ、本書のタイトルになっている「波の音が消えるまで」にほかならない。サーフィンの、そしてまたバカラの究極の境地に至ったとき、「波の音が消える」のだという。なけなしのはした金を握り締めて最後の賭けに打って出た「僕」は、その言葉の真の意味を、天啓《てんけい》に打たれるようにして悟る。「金なんかどうでもいい」と「劉さん」はつとに語っていた。金を儲《もう》けることこそ博打《ばくち》の目的のはずだろう。金じゃないなら、何ですという問いに答えて、「劉さん」は「自嘲《じちょう》するように少し口を歪《ゆが》めて」ぽつりと言う、「……世界だ」と。では、「果ての果てまで」行き、さらにそこさえ踏み越えてしまったとき、人はついに「世界」を所有することができた――とはたしてそう言い切れるのか。この問いが開かれたまま宙に迷う地点で、この長い物語はぷつりと途切れて終わる。

本書を刊行した後、沢木耕太郎はもう一冊の長篇小説を書いた。『春に散る』（朝日新聞出版刊、二〇一六年）はボクシングの物語である。『波の音が消えるまで』が、『深夜特急』で若き沢木氏自身が旅の途上、マカオのカジノで「大小」と呼ばれるサイコロ賭博にいきなりのめり込んでしまうあの手に汗握る挿話を起源に持つように、『春に散る』の起源にはもちろんあのノンフィクションの傑作『一瞬の夏』がある。『春に散る』は『一瞬の夏』のいわばリベンジ・マッチなのだが、ここはそのことを詳論する場所ではない。今わたしが注目しておきたいのは、『春に散る』のある章が「自由と孤独」と題されており、そこに一登場人物のセリフとしてこんな言葉が書きつけられているという点である。

「そうです。ボクサーは自由なんです。［…］リング上のボクサーは無限に自由です。しかし、ボクサーは無限に自由であると同時に、無限に孤独なんです。［…］でも、それはボクサーだけのものじゃない。人間というものは本質的に無限に自由でいて無限に孤独なものなんだと私は思います」
「リングに上がった二人のボクサーは、どちらがより自由に振る舞えるかを競い合っていると言ってもいいかもしれません。ボクサーは、リングの上で相手よりさらに自由であるために、日夜、必死にトレーニングを積んでいるんです」

（『春に散る』）

究極の自由と究極の孤独を賭け金として、ボクサーはリングで闘い、サーファーは「ビッグウェーブ」を乗りこなそうと試み、ギャンブラーはバカラの必勝法という見果てぬ夢を追いつづける。そういうことだ。「果ての果てまで」行くことの同義語としての「自由と孤独」。それは沢木耕太郎のオブセッションなのである。わたしの目に、『波の音が消えるまで』と『春に散る』は、ほとんど同じ主題を扱った対《ペア》をなす二作と映る。「果ての果てまで」行こうとしている若者と、先行してその同じ冒険に身を投じてしかし最終的に力尽き、あたかもそのことの代償を求めるように若者の師《メンター》ないし庇護者の役回りを演じることになる老人（『春に散る』では老人たちだが）――その間の葛藤《かっとう》、和解、友情という構図も共通している。『波の音が消えるまで』ではこの主題を若者の側から描いた沢木氏は、次作の『春に散る』では老人（たち）の側に視点を据えて語り直したのだ。

ささやかな思い出話を赦《ゆる》してもらうなら、わたしが初めて読んだ沢木耕太郎の著作は文庫版の『人の砂漠』（一九八〇年初版、単行本は一九七七年刊）だった。わたしは一九七六―七八年と八〇―八一年の二回にわたってパリに長期滞在したが、その二回目の留学時、パリ十五区のオーギュスト・ヴィテュ通りの小さなアパルトマンで、たしか東京の友人が送ってくれた、出たばかりのこの文庫を読んだのである。沢木氏自身が「あとがき」でアルベール・カミュの『追放と王国』になぞらえているこの本収録の八篇のルポルタージュは、どれもこれもとびきり面白かったが、中でも巻頭に置かれた「おばあさんが死んだ」には、つくづく震撼《しんかん》させられたものだ。そこには、徹底的な「自由と孤独」を生きた一人の老女の鮮烈このうえもないポートレートが描き出されていた。

爾来《じらい》わたしは、遡《さかのぼ》って沢木氏の旧作を読み、また新作が出ると欠かさず読むようになったのだが、結局、わたしの感性が当時共振したのは、かつまたそのときから三十五年を超える歳月が経過した今なお共振しつづけているのは、ノンフィクションと小説とを問わず、沢木耕太郎の精神と身体の核をなしているとおぼしい、この「自由と孤独」の感覚――というか、それへの焼けつくような渇きに対してなのではないか。そして、世に存在する多くの沢木ファンもまた、キャリアの初期から一貫して「自由と孤独」を追求しつづけてきたこの書き手の、禁欲的な求道者のような姿勢に共感して彼の新作を読みつづけているのではないか。実際、日本語で書かれた紀行文学の最高傑作の一つと言うべき『深夜特急』に描き出された旅の目的とは、「自由と孤独」以外の何だったと言うのか。

本作の主人公の名前は伊津航平であり、それが「何処《いずこ》へ」に通じることを人から指摘されて彼が虚を衝かれるような思いをする箇所がある。「劉さん」は死んでしまうが、「僕」の人生はまだまだ続く。バカラの謎の「果ての果てまで」行き着いて、「波の音が消えた」後に広がる荒漠とした風景を見届け、そこで「無音で寂しい無重力の世界を漂」うという体験をしおおせたにせよ、彼はまだ自分自身の生をその果てまで歩き通したわけではない。「何処《いずこ》へ？」という茫漠《ぼうばく》とした問いをひたすら執拗《しつよう》に自分に投げかけ、その自問への答えの不在に苛立《いらだ》ちながら、またそれを愉《たの》しみながら、とりあえず「ここではないところ」を、すなわち「何処《いずこ》か」をめざして、沢木耕太郎の旅はこれからもなお続くだろう。

（二〇一七年六月、作家）

この作品は上・下巻として平成二十六年十一月新潮社から刊行された。

沢木耕太郎著
深夜特急1
―香港・マカオ―

デリーからロンドンまで、乗合いバスで行こう――。26歳の〈私〉の、ユーラシア放浪が今始まった。いざ、遠路二万キロの彼方へ！

沢木耕太郎著
人の砂漠

一体のミイラと英語まじりのノートを残して餓死した老女を探る「おばあさんが死んだ」等、社会の片隅に生きる人々をみつめたルポ。

沢木耕太郎著
一瞬の夏
（上・下）

非運の天才ボクサーの再起に自らの人生を賭けた男たちのドラマを〝私ノンフィクション〟の手法で描く第一回新田次郎文学賞受賞作。

沢木耕太郎著
バーボン・ストリート
講談社エッセイ賞受賞

ニュージャーナリズムの旗手が、バーボングラスを傾けながら贈るスポーツ、贅沢、賭け事、映画などについての珠玉のエッセイ15編。

沢木耕太郎著
チェーン・スモーキング

古書店で、公衆電話で、深夜のタクシーで――同時代人の息遣いを伝えるエピソードの連鎖が、極上の短篇小説を思わせるエッセイ15篇。

沢木耕太郎著
彼らの流儀

男が砂漠に見たものは。大晦日の夜、女が迷ったのは……。彼と彼女たちの「生」全体を映し出す、一瞬の輝きを感知した33の物語。

沢木耕太郎著

檀

愛人との暮しを綴って逝った「火宅の人」檀一雄。その夫人への一年余に及ぶ取材が紡ぎ出す「作家の妻」30年の愛の痛みと真実。

沢木耕太郎著

血の味

なぜ、あの人を殺したのか――二十年前の事件を「私」は振り返る。「殺意」に潜む少年期特有の苛立ちと哀しみを描いた初の長編小説。

沢木耕太郎著

凍

講談社ノンフィクション賞受賞

「最強のクライマー」山野井が夫妻で挑んだ魔の高峰は、絶望的選択を強いた――奇跡の登山行と人間の絆を描く、圧巻の感動作。

沢木耕太郎著

旅する力

―深夜特急ノート―

バックパッカーのバイブル『深夜特急』誕生前夜、若き著者を旅へ駆り立てたのは。16年を経て語られる意外な物語、〈旅〉論の集大成。

沢木耕太郎著

あなたがいる場所

イジメ。愛娘の事故。不幸の手紙――立ち尽くすほかない生が、ふと動き出す瞬間を生き生きと描く九つの物語《ナイン・ストーリーズ》。著者初の短編小説集。

沢木耕太郎著

ポーカー・フェース

これぞエッセイ、知らぬ間に意外な場所へと運ばれる語りの芳醇に酔う13篇。鮨屋の大将の教え、酒場の粋からバカラの華まで――。

沢木耕太郎著

246

もしかしたら、『深夜特急』はかなりいい本になるかもしれない……。あの名作を完成させた一九八六年の日々を綴った日記エッセイ。

沢木耕太郎著

流星ひとつ

28歳にして歌を捨てる決意をした歌姫・藤圭子。火酒のように澄み、烈しくも美しいその精神に肉薄した、異形のノンフィクション。

T・パーカー
沢木耕太郎訳

殺人者たちの午後

人はなぜ人を殺すのか。殺人を犯した後、人はどう生きるのか……。魂のほの暗い底から静かに聞こえてきた声を沢木耕太郎が訳出。

色川武大著

うらおもて人生録

優等生がひた走る本線のコースばかりが人生じゃない。愚かしくて不格好な人間が生きていく上での〝魂の技術〟を静かに語った名著。

色川武大著

百

川端康成文学賞受賞

百歳を前にして老耄の始まった元軍人の父親と、無頼の日々を過してきた私との異様な親子関係。急逝した著者の純文学遺作集。

玉木正之編

9回裏2死満塁

—素晴らしき日本野球—

球場《ここ》には人生のすべてがある！　子規・漱石からON、松井、イチローまで、日本人の野球愛を詰め込んだ傑作野球アンソロジー。

波《なみ》の音《おと》が消《き》えるまで

第3部　銀河編

新潮文庫　さ－7－25

平成二十九年八月一日発行

著者　沢《さわ》木《き》耕《こう》太《た》郎《ろう》

発行者　佐藤隆信

発行所　株式会社　新潮社

郵便番号　一六二―八七一一
東京都新宿区矢来町七一
電話　編集部(〇三)三二六六―五四四〇
　　　読者係(〇三)三二六六―五一一一
http://www.shinchosha.co.jp

価格はカバーに表示してあります。

乱丁・落丁本は、ご面倒ですが小社読者係宛ご送付ください。送料小社負担にてお取替えいたします。

印刷・錦明印刷株式会社　製本・錦明印刷株式会社

ISBN978-4-10-123525-7 C0193

小泉武夫著
猟師の肉は腐らない
燻した猪肉、獲れたての川魚、虫や蛙などの珍味、滋味溢れるドジョウ汁……山奥で猟師が営む、美味しく豊かな自給自足生活。

堀井憲一郎著
恋するディズニー 別れるディズニー
まわりかたでカップルの運命が変わる。永年の調査から導いた「仲良くなるまわりかた」を公開。男女の生態の違いがよく分かる一冊。

M・グリーニー
田村源二訳
機密奪還（上・下）
合衆国の国家機密が内部告発サイトや反米国家の手に渡るのを阻止せよ！〈ザ・キャンパス〉の工作員ドミニクが孤軍奮闘の大活躍。

中里京子訳
チャップリン自伝
―若き日々―
どん底のロンドンから栄光のハリウッドへ。少年はいかにして喜劇王になっていったか？感動に満ちた前半生の、没後40年記念新訳！

押川剛著
子供の死を祈る親たち
刃物を振り回し親を支配下におく息子、薬と性具に狂う娘……。親の一言が子の心を潰す。現代日本の抱える闇を鋭く抉る衝撃の一冊。

夏目漱石著
石原千秋編
生れて来た以上は、生きねばならぬ
―漱石珠玉の言葉―
人間の「心」を探求し続けた作家・漱石が残した多くの作品から珠玉の言葉を厳選。現代を生きる迷える子《ストレイシープ》に贈る、永久保存版名言集。

新潮文庫最新刊

米澤穂信著
満願
山本周五郎賞受賞
磨かれた文体と冴えわたる技巧。この短篇集は、もはや完璧としか言いようがない――。驚異のミステリー3冠を制覇した名作。

沢木耕太郎著
波の音が消えるまで
―第1部 風浪編／第2部 雷鳴編／第3部 銀河編―
漂うようにマカオにたどり着いた青年が出会ったバカラ。「その必勝法をこの手にしたい」――。著者渾身のエンターテイメント小説！

須賀しのぶ著
夏の祈りは
文武両道の県立高校の野球部を舞台に、それぞれの夏を生きる高校生たちの汗と泥の世界を繊細な感覚で紡ぎだす、青春小説の傑作！

深町秋生著
ドッグ・メーカー
―警視庁人事一課監察係 黒滝誠治―
同僚を殺したのは誰だ？ 正義のためには手段を選ばぬ〝猛毒〟警部補が美しくも苛烈な女性キャリアと共に警察に巣食う巨悪に挑む。

高橋弘希著
指の骨
新潮新人賞受賞
戦友の指の骨を携えた兵士は激戦の島で何を見たか。「野火」から六十余年、戦地の狂気と真実を再び呼びさます新世紀戦争文学。

小川糸著
サーカスの夜に
ひとりぼっちの少年はサーカス団に飛び込んだ。誇り高き流れ者たちと美味しい残り物料理に支えられ、少年は人生の意味を探し出す。